für meinen besten Freund:
die Einsamkeit

Über den Autor:

Martin Wolkner wurde 1980 im Ruhrgebiet geboren, studierte englische und deutsche Sprachwissenschaften, Film/Fernsehen sowie zusätzlich ein bisschen Philosophie an der Ruhr-Universität Bochum und University of Hull.

Er war tätig als Texter, Journalist, Filmkritiker, Übersetzer, Untertitler und Leiter des Filmfests homochrom in Köln und Dortmund.

Neben seinen ersten beiden Romanen "Morgenreport" und "Vollmondbraut" ist der Gedichtband "immer (noch) wahr" erhältlich. Ein englischsprachiger Gedichtband folgt bald.

Die Novelle "Wo Wolken enden" entstand zwischen Oktober 1999 und Mitte 2000. Nach intensiver Überarbeitung erschien sie 2019 erstmals und zugleich in englischer Fassung.

Wo Wolken enden

Die Geschichte einer dunklen Seele

Eine Novelle von
Martin Wolkner

Bibliografische Information der Deutschen Nationalbibliothek:
Die Deutsche Nationalbibliothek verzeichnet diese Publikation
in der Deutschen Nationalbibliografie; detaillierte bibliografische
Daten sind im Internet über http://dnb.dnb.de abrufbar.

Herstellung und Verlag:
BoD – Books on Demand, Norderstedt

ISBN: 9783749465903

INHALT

"Ich sehne mich
nach Gefühlen
so tief
wie der Ozean,
Geborgenheit,
Nähe,
Wärme,
Schutz,
Liebe."

"Ich möchte meinen Körper
und die Regungen meines Herzens spüren,

und doch fühl ich nichts von alledem..."

1

Er war so gut wie aus der Welt. Obwohl er noch in ihr verweilte, gab es kaum Anzeichen, dass er da war, denn er hielt sich, soweit er konnte, von allem Leben fern. Allein der Schmerz war mit ihm. Wie genugtuend Einsamkeit doch sein kann! Welch ein Genuss sie ist, wenn man sich sonst alles verwehren muss! Welch eine Befreiung, wenn man sich im Leben, im Geschick der Welt gefangen fühlt!

Er war noch immer da und wollte einfach nicht verschwinden, dieser Schmerz, so sehr er sich auch bemühte. Der bittersüße Schmerz war immer zugegen und seine Kräfte waren mit seinen Gefühlen und Erinnerungen an jenen dunklen, geheimen Ort gebannt und dort verborgen. Er führte ein Schattenleben. Er hatte sich vom Licht entfernt und konnte nicht mehr kämpfen. Für ihn gab es auch keine Vergangenheit, keine Gegenwart oder Zukunft mehr, nur Schmerz. Und an diesen klammerte er sich, denn er war das einzige, was ihm geblieben war. Er bestätigte ihm immer wieder, dass er das Richtige tat. Denn sollte er einmal nicht mehr da sein, dann hatte er gewiss etwas falsch gemacht und all seine Werte und Vorsätze gebrochen.

Die langen Jahre der Gewohnheit hatten ihn aber nicht abstumpfen lassen. Dazu war er viel zu vorsichtig. Wann er das erste Mal diese Bitterkeit, diese Melancholie gefühlt hatte, die sich als schwarzes Trauertuch über ihn gelegt, war unwichtig, denn es war nun einmal so und der Anfang vergessen, wie so vieles anderes aus seiner verlorenen Kindheit. Abgesehen von einem klitzekleinen Funken Freude ganz zu Anfang erinnerte er sich nur an das Herzeleid. Vermutlich war er sogar damit geboren worden. Sein konstanter Begleiter war für ihn etwas Wertvolles und Wichtiges, ohne das er nicht hätte leben wollen, ein treuer Reisegefährte, der einem so wichtig geworden ist, dass man ihm an der nächsten Gabelung folgt und seinen Weg zum eigenen macht. Der Schmerz war das einzige, an dem es keinen Zweifel gab.

Er saß in den Ästen seines unbeugsamen Freundes, der einsamen Eiche, die auf der Kuppe eines sanften Hügels in der Mitte einer großen Wiese stand. Der selten benutzte Weg mit Sprenkeln von groben Kieseln verlief einen Steinwurf von der Eiche entfernt einmal quer über die Anhöhe, die sich wie eine grasbewachsene Insel aus dem Meer der Wälder rundherum am Fuße des Hügels erhob.

Er saß in der Krone des Baumes und überblickte die Landschaft geprägt von Laubwäldern und Wiesen. Irgendwo fast am Horizont schlängelte sich die Schneise einer breiten Autobahn durch das Gelände und zerstörte den schönen Anblick ebenso wie die dutzend Hochspannungsleitungen, die sich von Mast zu Mast schwangen und indirekt davon zeugten, dass er wohl doch nicht allein in diesem Meer war.

Der September hatte bestimmt seine Vorzüge gehabt, sonnig und warm, doch jetzt war es Ende Oktober. Die Bäume hatten sich bereits früh der Jahreszeit entsprechend verfärbt, waren dunkelrot und schon fast komplett kahl gefegt von den Stürmen, die gewütet hatten. Auch jetzt wehte ein kühler Wind durch die Äste und Zweige seines Freundes, der stark und widerstandsfähig war. Seine Blätter hatten sich zwar verfärbt, doch waren sie im Gegensatz zu denen der anderen Bäume noch immer feuerrot und dicht. Aber allzu lange würde es wohl nicht mehr dauern. Bald würde alles kahl und trist sein und grau wie der Himmel, über den ein dicker Wolkenteppich dahinjagte. Sein Blick wanderte über diesen Teppich, als würde er darüber spazieren. Viele Leute mochten solch ein Wetter nicht, es drückte schwer auf ihre Gemüter und Launen. Das war einer der Gründe, warum kaum jemand hier vorbeiging. Grundsätzlich kamen selten Menschen durch den Wald über die

Wiese spaziert. Dieser Ort war friedlich, ruhig, beruhigend. Gedankenversunken bemerkte er gar nicht, wie der Wind allmählich stärker und kälter wurde und an den Ästen der Eiche seine grausame Melodie des Abschieds pfiff. Nur für einen kurzen Augenblick bemerkte er den Wind durch seine Kleidung kriechen und seine Wärme rauben. Nicht einmal die blieb ihm, das letzte Stückchen dessen, wonach er sich eigentlich sehnte, wenn er es sich denn eingestanden hätte. Je mehr er sich gegen seine Sehnsucht nach Gesellschaft und Zuneigung wehrte, desto stärker schwelte sie unterschwellig nach Erfüllung. Für einen Augenblick funkte die Sehnsucht auf, vom kalten Oktoberwind angefacht, und er strengte seine Rationalität gegen sie an. Dass die Welt trist und kalt sei, davon war er überzeugt, konnte er es doch immer wieder am eigenen Leib spüren, so wie in diesem Moment. In dieser wie in allen anderen Hinsichten konnte ihm niemand etwas vormachen. Er hatte genug durchgemacht, um die Welt zu kennen. Es hatte genug Enttäuschungen um Enttäuschungen in seinem Leben gegeben, genug Menschen, die ihn benutzt oder getäuscht oder verlassen hatten. Dann vergaß er die Sehnsucht wieder.

Der Ausblick auf das geschwungene Tal war atemberaubend. Die geschlossene Fläche der Baumkronen unterhalb von ihm, die vom Wind hin und her geschüttelt wurden, erinnerte ihn wieder einmal an das weite Meer, das wellt und wogt und ständig in Bewegung ist. Die letzten Laubkleidfetzen der Bäume wurden zerrissen wie die Lumpen eines Bettlers und wirbelten durch die Luft wie Pusteblumensamen im Sommer. Der Wind drehte sich rasch und fegte seine Beute, die Blätter, auf ihn und seinen Freund zu und hüllte sie in eine Wolke. Voller Begeisterung über dies Naturspektakel wurde er sich klar darüber, dass die Natur ihm die einzigen wahren Freuden geben durfte. Die der Menschenwelt waren unantastbar für ihn, wollte er sich nicht selbst verraten. Menschen waren nur grausam, allein die Natur in ihrer Grausamkeit war schön. Gerade jetzt zeigte sie sich wieder von dieser Seite und er genoss es, im Schutze der Eiche von den Blättern umspielt zu werden und zu wissen, dass dieses freudige Spiel Auftakt war zur Totenstarre des Winters.

Langsam wurden die Wolken immer dunkler, weil die verdeckte Sonne sich dem Horizont näherte. Bald würde sie untergehen und die Welt in nächtlich-blauen Schatten gehüllt zurücklassen. Darum musste er nun langsam Abschied nehmen und sich auf den Heimweg machen. Aber etwas Zeit blieb ihm noch, ein klein wenig Zeit, und die wollte er nutzen. In der Pflicht der Trübsinnigkeit ergriff ihn erneut ein starkes, unerwartetes Gefühl von Sehnsucht und Trauer. Er fühlte das Kribbeln in seiner Nase und das behutsame Aufsteigen von Tränen in seinen Augen. Eigentlich war in ihm eine Regung, eine Sehnsucht nach jemandem, der mit ihm verbunden war, nach einer starken Freundschaft, Verständnis und Aufrichtigkeit, die er jedoch nicht beachten wollte, war sie doch unerfüllbar. Es gab keinen Menschen, der sich so auf ihn einlassen wollte oder konnte, wie er es gebraucht hätte, und keine Erlaubnis seinerseits, sich auf so etwas einzulassen.

Innerlich hörte er die klagende, getragene Musik einer Flöte zu Gitarre, die Musik seiner Traurigkeit, die in seinem Kopf erklang. Sie vermischte sich mit dem Pfeifen und Flüstern des Windes, der sein leises Schluchzen überraunte und mit sich riss, fort von der Eiche über die freie Wiese. Tränen rannen über sein Gesicht, während er sich fragte, aus welcher Ecke seines Herzens dieser Anflug gekommen war und was er zu bedeuten hatte. Die Kälte der Luft ließ ihn deutlich die Bahnen der Tropfen auf seinem Gesicht spüren. Sein Herz war offen, und leer und voll gleichzeitig. Es kam häufiger vor, dass er so empfand, aber wirklich begreifen hatte er noch nie gekonnt, was in ihm vorging. Diese widersprüchlichen Gefühle waren vertraut und doch...

Er spürte eine leichte Berührung an der linken Schulter, sanft und kühl. Er drehte sich verwirrt um, denn niemand war bei ihm außer sein unbewegter Freund. Es war weder der Wind, der Baum noch jemand, der sich ihm genähert hatte, nur eine Phantomberührung, die er nicht einordnen konnte, etwas, das er sich eingebildet haben musste. Wenn er gläubig gewesen wäre, hätte er es womöglich mit einem Engel erklärt. Aber er war es nicht. Das wäre zu nett gewesen, hätte dieser Glaube beinhaltet, dass er niemals wirklich alleine wäre. Aber er war sich sicher, dass Menschen allein waren. Es gab keinen Gott und keine Engel, die über die Schöpfung wachten, sonst säße er jetzt nicht verlassen in diesem Baum. Tiefe Trauer erfüllte und umhüllte ihn. Der Verlust war so frisch wie der Geschmack des Fleisches von Weintrauben auf der Zunge. Er erinnerte sich.

Ferne Geräusche drangen allmählich in sein Bewusstsein. Er zuckte unwillkürlich zusammen und schreckte aus seinen Gedanken hoch, bereits wieder vergessend. Die Geräusche waren erst kaum lauter als das Rauschen in den Blättern und so gut wie nicht davon zu unterscheiden. Aber sie kamen näher, nahmen an Intensität zu und dann wurde er mit einem Mal gewahr, was es war: das bedrohliche Bellen eines Hundes. Was ihm aber weit schlimmer erschien, war die Tatsache, dass mit dem Tier auch ein Mensch in seine Nähe kam und ihn in seiner letzten ruhigen Minute doch noch störte. Er ärgerte sich hilflos. Hoffentlich würde es schnell und schmerzlos vorbeigehen!

Es blieb ihm nichts anderes übrig, als auszuharren und es über sich ergehen zu lassen, wenn er nicht bemerkt werden wollte. Kommt bloß nicht zu nahe, dachte er bei sich, doch sie taten es. Der Hund tollte auf der Wiese im Zwielicht herum, bellte fleißig und näherte sich dem Baum. Der widerliche Klang des Tieres dröhnte in seinem Kopf und vertrieb die letzten Töne von Flöte. Als wäre das noch nicht genug, verließ der Hundehalter den Weg und ging über die Wiese der Bestie hinterher auf seinen Baum zu.

Er überblickte ungefällig die gesamte Szene von seinem Logenplatz aus. Der Hund machte kehrt, hüpfte auf der Stelle, lief zu seinem Herrchen, hüpfte vor diesem erneut auf und ab und der junge Mann Anfang zwanzig schien sich auch noch darüber zu amüsieren!

Es war jener junge Mann, den er vor etwas mehr als einem Jahr erstmalig und danach öfter hier gesehen hatte, einer der wenigen, die überhaupt hier entlang wanderten. Der Fremde kam meist am späten Nachmittag hierher, aber nicht immer mit dem Tier. Ganz selten schlenderte er allein über den Kiesweg und trat gedankenverloren Steine vor sich her. Niemals ging er in menschlicher Begleitung.

Diese übertriebene Freude des jungen Mannes war ihm zu viel. Sie störte ihn, verhöhnte ihn. Er mochte es nicht ertragen, wenn andere sich so glücklich gaben. Oft kaufte er es ihnen auch nicht wirklich ab. Er war sich sicher, dass viele Leute ihre Ängste, Traurigkeiten und Sorgen durch eine aufgesetzte Freudigkeit überspielten. Alles schien so unecht. Bei dem Fremden in seiner Nähe jedoch hatte er ein Gefühl von Natürlichkeit, die er nicht genau fassen konnte. Wahrscheinlich kam es aus dem Kontrast zu dem, was er zuvor bei ihm beobachtet hatte. Denn auch der Fremde schien in das Geheimnis des Leids eingeweiht zu sein, wie er das ein oder andere Mal in den letzten Monaten beobachtet zu haben glaubte.

Nichtsdestotrotz, der jetzige Freudenausbruch störte ihn! Er hatte in Frieden Abschied nehmen wollen von seinem erröteten Freund, vom Schutz und der Ruhe dieses Ortes. Und dann kam dieser jemand und machte alles zunichte! Das war ein weiterer Beweis dafür, dass es ihm nicht vergönnt war, das geringste Stückchen Glück, seine persönliche Glückseligkeit zu haben.

Der Kerl unten kicherte, als der Hund im Kreis um ihn herum, einmal, zweimal und dann in Richtung Baum lief. Mit einem einzelnen klaren Lachen setzte sich der Fremde zur Verfolgung des Tieres in Bewegung.

Er saß oben in der Krone, sah die Gestalt auf sich zu laufen. Jetzt ist es aus! Jetzt sieht er mich! Mach die Augen zu, halt die Luft an! Es ist sofort vorüber!

Er atmete tief ein und seine Lider senkten sich langsam über seine Augen. Der letzte Anblick vor der Dunkelheit brannte sich in sein Gedächtnis: das freudige Antlitz des Fremden. Er versuchte dieses Bild zu verscheuchen. Das Rascheln der Schritte der beiden Kreaturen durch vertrocknetes Gras und gefallenes Laub hob sich vom Säuseln des Windes ab. Ein Lachen erscholl und vertönte. Dann jagte eine Sturmböe durch das Laubdach der Eiche und raunte ihr Lied an den Blättern. Er spürte, wie sich die Äste der Kraft des Windes widersetzten und unfreiwillig bogen. Dann wurde es ruhiger. Der Wind ließ mehr und mehr nach. Es war still. Kein Geräusch mehr. Nicht einmal die Flöte in seinem Kopf. Überhaupt kein Geräusch mehr.

Er öffnete langsam die Augen. Der Mensch und das Tier waren verschwunden. Er stieß einen Seufzer der Erleiterung aus und wunderte sich, während die kühle Luft in seine Lungen strömte. Es fühlte sich so an, als hätte er seit Äonen nicht mehr geatmet. Die Zeit, die er die Augen geschlossen gehalten hatte, kam ihm unendlich lange vor. Er runzelte die Stirn, kräuselte die Lippen, wandte den Blick zur Seite, zögerte nachdenklich einen Moment, zuckte resignierend leicht mit den Schultern. Er rieb seine kalten Hände aneinander und entspannte seine Haltung ein wenig, weil er sich in Erwartung seiner Entdeckung krampfhaft zusammengekauert hatte.

Ein langer Seufzer löste sich aus seinem Inneren. Sein Abschied hatte sich nun erledigt, sein perfekter Nachmittag war doch noch ruiniert worden. Er konnte sich nicht mehr auf das Gefühl einlassen, das ihn kurz zuvor beherrscht hatte. Stattdessen waren seine Gedanken bei dem seltsamen Fremden, dessen Gesicht noch immer in seine Erinnerung graviert war. Aber so sehr er sich auch bemühte, dieses Bild zu verbannen, gelang es ihm nicht.

Die Sonne stand bereits tief am Horizont. Er sah den rötlichen Funken durch die grauen Wolken schimmern. Es war endgültig Zeit für ihn zu gehen. Mit steifen Gliedern vom langen Sitzen und der Kälte kletterte er von Ast zu Ast herunter und schwang sich mit eleganten Bewegungen vom untersten zu Boden. Als freundliche Miene presste er die Lippen zusammen, nahm schweigend Abschied von der Eiche, indem er den Stamm für einige Zeit umarmte und sich für den Schutz bedankte. Diese Freundlichkeit und Innigkeit traute er zu geben, weil es keine Zuschauer gab und weil er davon überzeugt war, dass nur er dem Baum eine Persönlichkeit, eine Seele zuschrieb, obwohl er in Wirklichkeit keine besaß.

Flott stampfte er durch die Wiese. Der Wind belebte sich und trieb Wolken von Westen her über ihn hinweg. Die Brise ergriff ihn am Kopf des Hügels, als sie ostwärts hinauffegte. Er sah zum Horizont, den Wind im Gesicht, und streckte die Arme, die Hände, die Finger aus, um die Luftbewegung an sich zerren zu fühlen. Da brachen am Himmel die Wolken auf. Die letzten glutroten Strahlen der untergehenden Sonne streiften sein Gesicht. Ein kribbelnder Schauer lief seinen Rücken herunter. Der Glutball war schon hinter den weiten Bäumen, nur die obere Ecke lugte noch über sie hinweg. Während die Sonne sich immer mehr senkte, krochen die Schatten des Waldes die Wiese hinauf auf ihn zu. Als sie seine Füße erreichten, schaute er an sich herab und beobachtete, wie die Dunkelheit seinen Körper heraufkletterte. Bald schon berührte sie seine Brust. Er sah wieder zur Sonne hinüber, die gerade in diesem Moment hinter den Bäumen verschwand. Er senkte seinen Blick, schloss die Augen einen Augenblick, drehte sich auf dem Absatz um und marschierte mit langen Schritten über den Weg nach Nordnordosten.

Der Wald war düster, verlassen und unheimlich in der Dämmerstunde. Ein bisschen Furcht ergriff ihn wie jedes Mal. Sein Adrenalinspiegel stieg. Er war wachsam und gewappnet für einen plötzlichen Angriff eines Wolfes, obwohl er sich eigentlich sicher war, dass nichts Derartiges passieren würde.

Der Fremde, den er bei dem herrlichen Naturschauspiel vergessen hatte, kam wieder zurück in sein Bewusstsein. Die Bewegung seines Körpers brachte auch seine Gedanken auf Trab und er sann darüber nach, warum dieser junge Mann solch eine komische Wirkung auf ihn hatte, warum er sympathischer als der Rest der Menschheit wirkte. Nach mehr als einer halben Stunde Grübelei kam er am ersten Haus vorbei, das abseits der anderen am Waldesrand lag. Er legte noch einen Zahn zu, um möglichst schnell durch die spärlich beleuchteten Straßen zu seiner Wohnstätte zu gelangen. Er erreichte den anonymen Wohnblock am Ende des letzten Straßenzugs des Großstadtvorortes, ohne die ihn nachschauenden Augenpaare zu bemerken.

Er ging entlang eines Gebüsches den Weg zur Haustür, kramte in seinen Hosentaschen nach dem Schlüssel, schloss auf und ging zu einer der Wohnungen im vierten Stock. Durch den Spion schimmerte es hell. Er öffnete die Tür und seine Mutter, die den Flur durchquerte, hielt in ihrem Schritt inne, drehte sich um und lächelte ihm zu:

"Schön, dass du da bist. Das Essen ist gerade fertig."

Nachdem er seine Sachen in seinem Zimmer abgelegt und sich die Hände gewaschen hatte, setzte er sich zu seiner Mutter in die Küche. Sie aßen fast durchgehend schweigend, im Hintergrund dudelte nur leise das Radio seichte Popmusik wie gewöhnlich, wenn sie mal zusammen aßen. Seine Mutter sah hin und wieder von ihrem Essen auf, zu ihm herüber, ernst und abgespannt. Sie versuchte, in ihm zu lesen oder vielleicht einen Blick von ihm zu erhaschen, damit sie ein Gespräch anfangen konnte. Er sah nicht hoch.

Nach dem Essen beschwerte sich seine Mutter wie üblich darüber, dass er so wenig gegessen habe. Er half ihr beim Spülen und überhörte geflissentlich ihre Beschwerden über ihre Arbeit. Sie fragte ihn ein paar Dinge über die Schule und er antwortete gewohnheitsmäßig knapp. Er hatte das letzte Geschirr in den Schrank gestellt, da wünschte er seiner Mutter schon eine gute Nacht unter der Begründung, noch Hausaufgaben machen zu müssen. In Wirklichkeit legte er sich auf sein Bett und hing seinen Gedanken nach. Er fühlte sich etwas zerschlagen. Das lag gewiss an der Temperatur draußen. Er stand auf und griff zu seinem Notizbuch und Stift. Auf dem Bett liegend begann er ein paar Worte zu schreiben.

Seine Mutter ging über den Flur zu ihrem Schlafzimmer. Sie hatte wohl im Wohnzimmer gesessen und dort vor dem Fernseher gedöst. Nun blieb sie vor seinem Zimmer stehen und lauschte eine Weile, ging dann weiter und zu Bett.

Er hatte Mitleid mit ihr. Sie sorgte für ihn, sorgte sich um ihn. Ihre Arbeit war anstrengend und schlecht bezahlt, aber gab sich alle Mühe, ihnen beiden ein so gutes Leben wie möglich zu gestatten, dabei war er sehr anspruchslos. Am Ende der Woche war sie dermaßen fertig, dass sie das ganze Wochenende lang Ruhe haben wollte, um sich zu erholen. Doch bereits nach dem zweiten Arbeitstag der neuen Woche war sie wieder so ausgelaugt wie vor dem Wochenende. Langsam, aber sicher machte sie sich kaputt. Nach der Arbeit kümmerte sie sich etwas um den Haushalt und schlief ansonsten sehr viel. Das war einer der Gründe, warum sie keine Freunde und keine Hobbys hatte. Eigentlich führte sie ein Mitleid erregendes Leben oder wohl eher ein dürftiges, notdürftiges Überleben.

Er hätte ihr helfen, sie unterstützen, es ihr leichter machen können. Gewiss wäre dies das Beste für beide gewesen. Vielleicht hätten sie dadurch auch ein besseres Verhältnis zueinander gehabt. Aber eigentlich wollte er es nicht leicht haben, so ungerecht es auch seiner Mutter gegenüber war. Außerdem konnte er im Grunde auch nicht mehr den Pfad zurückgehen, den er seit der Schicksalskreuzung eingeschlagen hatte.

Er schrieb weiter. Einmal noch hörte er seine Mutter auf Toilette gehen. Auch er war mittlerweile sehr müde. Bald legte er die Schreibutensilien zur Seite, machte sich bettfertig und ging ebenfalls schlafen. Er kuschelte sich in sein flauschiges Bettzeug und die beiden bauschigen Kissen. Er seufzte. Bis zum Einschlafen drehten sich seine Gedanken um das Gesicht, das in der Dunkelheit vor ihm erschien. Irgendetwas war anders an diesen Augen…

Frage der Sichtweise

Ich trage viel zu viel Ballast mit mir
und du lebst deine große Leichtigkeit.
Ich lieg geschlagen auf dem Boden hier
und du schwebst fröhlich oben ohne Leid.

Das viele Nichts, das ich unklug ertrug,
drückt mich gewichtig nieder in den Dreck.

Für dich ist wenig Alles viel genug,
es hebt dich sanft noch weiter von mir weg.

Und schaust du von dort oben auf mich nieder,
erscheint die Welt dir sicher groß und frei.
Wenn ich hinauf zu dir den Blick erwider,
siehst du doch nicht des Unzufriednen Schrei.

Aus deiner Sicht ist's großer Lebensschmaus,
für mich jedoch bloß Frust und Graus.

2

Der nächste Morgen war trübe und sehr kalt. Der Herbst zog mit winterlichen Strähnen übers Land und bereitete Unbehaglichkeit. Der Himmel war mit Wolken bekleidet und versteckte die aufgehende Sonne in seiner Innentasche vor den Augen der Menschheit.

Er erwachte unausgeschlafen. Seine Stereoanlage war vor einer Viertelstunde pünktlich um halb sieben angesprungen, um ihn mit der eingelegten CD zu wecken. Es war eines der schnelleren, rockigeren Lieder, das gerade spielte, und es passte überhaupt nicht zu seiner Stimmung. Er schlummerte noch einige Minuten vor sich hin, drehte sich hin und her und kuschelte sich in die warme Decke, denn er fühlte die Kälte im Raum, bedrohlich wie ein Fremder am Bett.

Dieser Gedanke weckte ihn gänzlich. Er öffnete die Augen. Sein Zimmer war stockdunkel, nur die Anzeige seiner Anlage leuchtete. Selbst durch die Ritzen der Jalousie drang kein Licht in den Raum. Dieses Lied störte ihn momentan ungeheuerlich. Er wollte es unbedingt ausschalten, doch dazu musste er aufstehen. Dieser Gedanke gefiel ihm indes noch viel weniger. Er würde einfach den ganzen Tag im Bett verbringen und so tun, als wäre er krank. Dann musste er nicht aufstehen. Wenn er aber nun auf Toilette musste? Und konnte er es verantworten, nicht zur Schule zu gehen?

Er rollte sich komplett unter der molligen, flauschigen Decke zusammen. Oh, war das angenehm! Dann, mit mutiger Entschlossenheit, stieß er die Decke von sich und sprang aus dem Bett. Er bekam eine Gänsehaut und zitterte leicht. Er fühlte sich nicht besonders wohl.

Seine Mutter war bereits gegangen. Sie musste ja immer zeitig arbeiten. Er machte sich fertig, packte seine Sachen, aß einen Happen und verließ ebenfalls die Wohnung, um zur Schule zu gehen, die er gewissenhaft, wie er war, trotz der Versuchung nie schwänzte. Dennoch war er jeden Morgen von neuem entgeistert beim Gedanken daran, diese furchtbare Institution zu besuchen. Er verabscheute die Schule wegen der stupiden Lehrer, die stur am Lehrplan festhielten, ohne zu merken, dass es keinen der Schüler interessierte, oder die stur an ihren fraßvorwerfenden, herunterratternden Methoden festhielten, ohne zu merken, dass noch nicht einmal die Handvoll interessierter Schüler folgen konnte. Er verabscheute sie wegen der einfältigen Schüler, die sich keinen Deut darum scherten, etwas zu lernen, sondern nur ihren pubertären Infantilitäten frönten, schlechte Scherze und plumpe Streiche spielten und intrigierten, wenn sie nicht bekamen, was sie wollten. Wenn Leute sich wunderten, dass sie im Beruf gemobbt wurden, lag es vermutlich daran, dass sie in einer wohlbehüteten Klosterschule erzogen worden waren und keinen blassen Schimmer davon hatten, wie das wahre Leben war und was es hieß, Außenseiter auf einer Großstadtschule zu sein.

Nicht, dass er sich irgendeine Mühe gab, akzeptiert und integriert zu werden. Nein, das kümmerte ihn überhaupt nicht. Die paar gut gemeinten Annäherungsversuche einiger Schüler, ihres Zeichens die Nieten der Klasse, hatte er erbarmungslos abblitzen lassen. Sie langweilten ihn, sie alle: die coolen Stufenlieblinge, die schleimenden Streber, die gutmütigen Dummen, die alternativen Kiffer wie auch die Sonderlinge. Er ging nur gezwungenermaßen zur Schule, setzte sich auf seinen Platz, hörte zu, lernte. Und das war's! Keine Freunde, keine Streiche, gar nichts! Genau so wollte er es. Diese Institution hätte ihm dazu verhelfen können, alles Mögliche mit seinem Leben zu machen. Auch wenn die meisten in seiner Klasse nichts dafür taten, strebten doch alle einen guten Schulabschluss an. Das Schlimme daran war, dass fast alle, ob sie etwas taten oder nicht, gut wegkamen. Die Bewertungen der Lehrer waren keinesfalls gerecht oder angemessen. Er hätte sich reinhängen und herausragend gut sein können, aber das wollte er nicht. Er war zwar gewissenhaft, was die körperliche Anwesenheit anging, schon allein wegen der gesetzlichen Schulpflicht, aber zu dem, was darüber hinausging, konnte ihn niemand zwingen. An diesem Punkt labte er sich.

Wie immer zog er den Unterricht halb interessiert und mehr gelangweilt durch und ging dann wieder nach Hause. Er hatte bis halb zwei Unterricht, also war er meist gegen halb drei zuhause. Er aß ein paar Sandwichs, durchblätterte dabei die Zeitung und vertrieb sich anschließend die Zeit, indem er auf dem Bett gammelte und Musik hörte, nebenbei seine Hausaufgaben machte und in einem Buch las. Den ganzen Tag war es ihm bereits kalt gewesen, auch hier in der Wohnung. Er hatte kalte Hände und Füße. Doch anstatt sich noch etwas anzuziehen oder die Heizung aufzudrehen, fror er weiter, schließlich war er hart im Nehmen.

Als seine Mutter um kurz nach sechs nach Hause kam, bereiteten sie gemeinsam das Abendessen zu, das sie schweigend verzehrten, spülten gemeinsam das Geschirr ab und sahen später zusammen einen mittelprächtigen Film der Glotze. Das Wohnzimmer war von ein paar Teelichtern spärlich beleuchtet, was dem Raum kaum mehr Wärme verlieh, als das Thermometer neben der Balkontür anzeigte. Der gemeinsame Abend an sich war schon eine Seltenheit, denn er zog sich sehr häufig in sein Zimmer zurück oder war unterwegs und sie war meist fix und fertig vom Arbeiten. Er war froh, dass sie sein seltenes Zugeständnis nicht damit ruinierte, dass sie ein Gespräch anfangen wollte. Sie wussten die Besonderheit dieses Ereignisses auch so zu schätzen, ohne viel zu reden. Große Gespräche hatten sie ohnehin seit Jahren nicht mehr geführt. In dem Wissen darum, dass ihr Sohn eigenwillig und scheu war, sich jede Sekunde zurückziehen konnte, wenn sie sich nach ihm erkundigte und versuchte, Zwischenmenschliches aufzubauen, hielt sich seine Mutter auch sehr zurück. So verlief ihr Leben immer in denselben stupiden Bahnen.

Seine Mutter erwähnte nur kurz vor ihrem Schlafengehen, dass es nett wäre, wenn sie beide mal wieder etwas zusammen unternähmen. Dasselbe hatte sie schon zu oft gesagt, ohne dass daraus etwas geworden war. Darum nahm er es nicht mehr wirklich ernst. Sie beide waren keine idyllische Familie, vielmehr lebten sie wie eine WG zusammen. Beide gingen ihre eigenen Wege, die sich hin und wieder kreuzten. Das war zu sehr Gewohnheit, um es zu durchbrechen. Außerdem war er sich nicht sicher, ob er tatsächlich etwas mit seiner Mutter hätte unternehmen wollen, hätte sie ernsthafte Anstalten gemacht. Möglicherweise hätte er sich ihrer aus Mitleid erbarmt, wenn sie es sich mit Bestimmtheit gewünscht hätte. Sie war seit Jahren nicht mehr ausgegangen, außer auf ein paar Familienfeiern zu runden Geburtstagen von entfernten Verwandten. Seine Mutter sah sehr unglücklich aus. Sie beide spürten, wie weit sie sich voneinander entfernt hatten und beließen es dabei.

Als seine Mutter schlafen gegangen und es ruhig war im Haus, legte er sich auf sein Bett und begann in die Nacht hinein zu schreiben.

Emotionale Distanz

Deine Flügel liegen zerschlagen am Boden,
vergraben ist dein Herz darunter unendlich tief.
Du wunderst dich über die Vögel,
die fliegen in den Lüften hoch.

Die Höhe, die sie erreicht haben,
wirst du nie erlangen können,
wenn du nicht loslässt dein Herz.

Die Freiheit der Himmelshöh
ist verlockend und verschreckend zugleich,
denn du liegst am Boden so tief.
Unglaublich, dass man stark genug sein kann,
sich zu schwingen in diese Höhen hinauf!

Dein Mangel an Glaube an dich selbst
ist es, der dein Herz in Fesseln hält.

3

Er erwachte früh am nächsten Morgen, müde und mürrisch. Sein Wunsch, nicht zur Schule gehen zu müssen, war noch größer als am Vortag. Er fragte sich, warum er nicht einfach zuhause blieb. Seine Mutter würde es nicht merken. Den Lehrern würde es zwar auffallen, aber was machte es schon aus bei einem einzigen Mal?

Er stand selbstverständlich doch auf. Nachdem er sich im Bad fertig gemacht, ein kleines, unzureichendes Frühstück zu sich genommen und seine Schulsachen in den Rucksack geworfen hatte, schlenderte er zum Bus, um zur Schule zu fahren. Die anderen Leute auf der Straße waren ebenfalls müde, träge und lustlos. Erst die untersten Stufen waren aufgedreht, tobten lebhaft auf dem Schulhof, rannten umher und kreischten laut.

Die ersten Schulstunden waren furchtbar langweilig und ermüdend. Er nuckelte apathisch an einer Wasserflasche, die er mitgenommen hatte, um nicht einzuschlafen. Viel zu trinken erlaubte es ihm zudem, sich häufiger der unliebsamen Gesellschaft zu entziehen, wenn auch nur kurzzeitig. Sein Platz war direkt am Fenster und er hatte mehr Gefallen daran, heraus zu schauen und seine Gedanken abzuschalten, als dem Unterricht zu folgen. Er starrte den Himmel an, konnte jedoch keine Veränderung des Graus erkennen. Die Lehrerin war zu sehr damit beschäftigt, die Klasse alte Texte lesen zu lassen, die sie als geschichtlich höchst interessant bezeichnete.

In der Pause stellte er sich abseits der anderen auf den Flur ans Fenster und nuckelte weiter am Wasser. Sie war schon nach der Hälfte der Pause leer. Er ließ sich von der Geschäftigkeit auf dem Flur nicht stören und träumte vor sich hin. Die dritte Stunde ging unbemerkt an ihm vorbei und die vierte quälte ihn wieder mit Langeweile.

Kurz vor Ende der vierten, in der sie Mathematik hatten, machte sich das Trinken bemerkbar, das er zuvor in sich hineingeschüttet hatte. Sein Harndrang wurde stärker und stärker, doch er versuchte, es zu ignorieren und bis zur nächsten Pause durchzuhalten. Er starrte aus dem Fenster, rutschte immer unruhiger auf seinem Stuhl herum, schlug die Beine übereinander. Es half alles nichts! Fünf Minuten vor dem Pausengong musste er letztendlich aufstehen und den Klassenraum verlassen, um die Toiletten aufzusuchen. Normalerweise hätte er den Unterricht nicht so kurz vor Ende verlassen. Es sprach also für die Dringlichkeit. Der Lehrer wusste davon nichts und sah ihn tadelnd an, während er zur Tür ging.

Als er zurückkam, war der Lehrer bereits gegangen, ungewöhnlich früh. Er hatte das Stellen der Hausaufgaben verpasst. Wenn der Lehrer noch da gewesen wäre, hätte er selbstverständlich ihn angesprochen, aber in dieser Situation blieben ihm bloß zwei Möglichkeiten: entweder die Aufgaben einfach gar nicht zu machen, was nicht in Frage kam, oder einen Mitschüler danach zu fragen, was eigentlich auch nicht in Frage kam. Zwickmühle!

Pflichtbewusst entschied er sich für letztere Lösung. Viele seiner Mitschüler hatten zur großen Pause den Raum noch vor dem Lehrer verlassen. Nur ein paar Mädchen waren zurückgeblieben und quasselten miteinander. Stockend ging er auf die Gruppe zu und fragte Caroline, was ihnen der Lehrer aufgegeben hatte. Sie nannte ihm eine Reihe von Aufgaben aus ihrem Buch. Die anderen Mädchen kicherten die ganze Situation über und schauten sich gegenseitig an. Dies war ihm nicht geheuer, doch er schätzte Caroline als eine gewissenhafte Schülerin ein. Er musste ihr wohl oder übel glauben, wenn er nicht noch weitere Mitschüler fragen wollte. Und das wollte er bestimmt nicht! Es war ihm schon unangenehm genug.

Die letzte Schulstunde schien überhaupt nicht mehr zu enden. Die Zeit verging so langsam, dass sie beinahe rückwärts lief. Schließlich ertönte das erlösende Schellen und er konnte die Schule hinter sich lassen. Er machte sich schnurstracks auf den Heimweg. Die lärmenden Kinder nervten ihn endlos. Das wollte er sich keine Sekunde länger als nötig antun.

Zuhause angekommen kochte er sich eine Portion Nudeln, an die er Ketchup tat, und setzte sich mit ihnen an seinen Schreibtisch. Mit baumelnden Beinen kaute er teilnahmslos auf den weichen Spiralen herum, blätterte in der tagesaktuellen Zeitung und überflog die Überschriften. Um Kriege, Desaster, Seuchen oder politische Affären scherte er sich schon lange nicht mehr. Es hatte eh keinen Einfluss auf sein Leben, ob in Spanien ein Reisebus verunglückt war, in Südafrika eine Frau ihren Ehemann auf brutalste Weise ermordet hatte oder was irgendein Präsidentschaftskandidat im Wahlkampf versprach. Er würde es letzten Endes ohnehin nicht halten. Er verdrehte die Augen bei den reißerischen Schlagzeilen. So ein Humbug alles! Was bedeutete es für sein Leben, wenn in Russland ein Dorf überschwemmt worden war? Die Globalisierung trieb nach seiner Ansicht zu große Blüten. Es war beinahe schon wieder amüsant, dieses Studium der Menschheit. Und dabei ging ihm ein Licht auf. Welche Art von Nachrichten aus aller Welt druckten die Zeitungen? Nur die Katastrophenmeldungen, damit Angst und Horror in die Köpfe der Leser sähend. Als würde es niemanden interessieren, was Positives in der Welt passierte. Okay, na gut, die älteste Fahrschülerin Frankreichs hatte nach einhundertsiebzig Fahrstunden endlich ihren Lappen bekommen, falls das für irgendjemanden wichtig war. Gab es sonst nichts Positives zu berichten?

Wollte die Welt wirklich all das Negative, Schlimme, wissen und sich damit vollpumpen: So und so viele Leute haben ihr Zuhause oder gar ihr Leben verloren? Schaut an: In den USA wurde wieder ein Afroamerikaner von einem weißen Polizisten getötet! Noch immer oder schon wieder Krieg im Nahen Osten! Etwa schon wieder ein Flugzeug abgestürzt? Nein, heute, beziehungsweise gestern mal nicht. Aber ein Gefängnis in Caracas hat gebrannt, wie jetzt bekannt wurde, und in China wurde ein Todesurteil vollstreckt! Hach, was können wir doch froh sein, in solch einem sicheren Land zu leben! Ach ja, was haben wir hier für ein tolles Leben! Wenn nicht vier Millionen arbeitslos wären, so viele wie nie zuvor, generell die klaffende Schere zwischen Arm und Reich, steigende Krebsraten, Lebensmittelskandale, alle möglichen Formen von Umweltverschmutzung, saurer Regen, Waldsterben und so weiter und so fort! Nein, der Mensch war nicht gut, weder zu seinem Lebensraum, seinen Mitmenschen noch zu sich selbst und seinem Körper. Aber verdammt, nein, seine ganzen Verschmutzungen hatten bestimmt mit alledem nichts zu tun! Das Elend wohnte um die Ecke und die Leute mussten sich selbst belügen, um nicht zu merken, dass es ihnen vielleicht doch nicht so gut ging. Hatte er da wieder eine Lebenslüge der Menschheit aufgedeckt?

Oder war es vielleicht so, dass die Welt in Angst und Schrecken gehalten werden sollte, damit sie leichter kontrollierbar war, konsumierte und so weit beschäftigt war, dass sie sich nicht mit den wirklich wichtigen Dingen befasste? Ängstliche Menschen ließen sich doch viel besser manipulieren, oder nicht? Ängstliche Menschen schlossen teure Versicherungen ab, von denen sie eigentlich hofften, sie niemals in Anspruch zu nehmen. Ängstliche Menschen verzichteten für ihre Sicherheit auf fundamentalste Grundrechte und waren glücklich damit, dass das gute Väterchen

Staat sie angeblich vor Ausbeutung, Terroristen, Seuchen, vor allen Bedrohungen – und seien sie noch so nebulös – schützte! Die Medien wiederholten alles so lange, bis der letzte Kritiker es glaubte und sich konform verhielt. Brot und Spiele – und Opium – für die Welt, damit die wirklichen Macher freie Hand hatten!

Lediglich ein Artikel im Feuilleton reizte ihn: eine Kritik des neusten Films seines Lieblingsdarstellers. Sie verrissen den Film, schrieben, er wäre ein grauenhafter Schauspieler, der besser Metzger hätte werden sollen. Was wussten die schon? Die hatten kein Gespür für das äußerst sensible und hintergründige Spiel dieses Ausnahmecharakterdarstellers. Die Welt verkennt die wahren Genies, sagte er zu sich selbst.

Der Film kam heute ins Kino. Das traf sich hervorragend, freute er sich, weil er heute Zeit hatte. Wie jeden Tag. Dann würde er sich mal etwas gönnen und ins Kino fahren. Er war ohnehin allein. Seine Mutter würde erst später nach Hause kommen. Er machte in aller Ruhe seine paar Hausaufgaben, schrieb seiner Mutter eine Notiz, legte diese auf den Küchentisch und machte sich am späteren Nachmittag auf den Weg in die Innenstadt.

Er musste gute zehn Minuten bis zur nächsten Bushaltestelle gehen und der Bus fuhr ihm direkt vor der Nase weg. Aber er hatte genug Zeit und der nächste Bus sollte bereits zehn Minuten später kommen. Zum Glück fuhren von hier zwei Linien über verschiedene Strecken Richtung Stadtzentrum. Den schnelleren und ruhigeren Bus hatte er gerade verpasst. In dieser Zeit hatte er immerhin Gelegenheit, die grauen Fassaden der Häuser, die ungepflegten, zugemüllten Grünflächen hinter der Haltestelle und die wenigen Passanten zu betrachten. Selbstverständlich kannte er das alles nur zu gut, aber es war ihm jedes Mal wieder ein Rätsel, wie man so rücksichtslos sein konnte, seinen Müll einen halben

Meter neben den städtischen Abfallbehälter zu werfen. Die Gegend war vollends heruntergekommen. Das lag an den Leuten und an der grassierenden großen Gleichgültigkeit, vermutlich an schlecht bezahlter Arbeit und der negativen Meinungsmache der Medien.

Der Bus kam unpünktlich, wie man es von der Straßenbahngesellschaft gewohnt war, dabei hatte er gerade erst seine Strecke begonnen und war fast ohne Fahrgäste. Es war ein langer Bus und er setzte sich in den vorderen Teil direkt vor das Gelenk mit dem Rücken zur Fahrtrichtung. So konnte er alles beobachten, was im hinteren Teil passierte. Er wusste, was ihn erwartete: Mehrere Haltestellen nachdem er eingestiegen war, stieg eine Meute Gesamtschüler ein und drängte sich in den hintersten Bereich des Busses. Es waren Rüpel und Proleten, die sich beweisen musste. Sie schrien sich an und schubsten sich, machten sich gegenseitig und selbst lächerlich und tobten herum, als wären sie gerade aus der Knebelhaft entlassen worden. Er hatte keine genaue Vorstellung von einer Gesamtschule, aber wenn er sich die Szene vor seinen Augen ansah, dann waren die einzigen vernünftigen Erklärungen für ein solches Verhalten, dass es dort entweder wirklich wie in einem Gefängnis zuging oder dass das Etikett 'Gesamtschule' euphemistisch für die Irren- und Asozialenaufbewahrungsanstalt stand.

Die meisten von ihnen fuhren wie er bis in die Innenstadt. Weil er es jedoch nicht mehr aushalten konnte, stieg er eine Haltestelle vor dem Rathaus aus und schlenderte durch die Einkaufsstraße. Menschen eilten an ihm vorbei, mit starren, maskenhaften Grimassen auf ihren Gesichtern und angespannter Körperhaltung, schweren Taschen in den Händen oder schweren Bürden auf ihren Schultern. Sie eilten, drängelten und nörgelten, die eindeutigen Anzeichen von Hast, Unglücklichkeit und Abgestumpftheit. Durch die Straßen der Innenstadt fegte der Wind noch kühler als vor seiner Haustür und der Himmel war düster und grau. Die Gesichter der Menschen waren darum umso grauer.

Es war eines der kleinen Programmkinos, zu dem ihn sein Weg führte. So ein Film, wie er ihn sehen wollte, würde kaum in einem der großen Lichtspielhäuser gezeigt. Er hatte Recht mit seiner Vermutung. Schon von weitem konnte er die altmodische Beschriftung über dem Eingang lesen: 'WELKE BLUMEN' stand dort in großen, alten Kunststoffbuchstaben zwischen schwarzen Balken vor einer weißen, beleuchteten Plastikscheibe unter dem Kinoschriftzug. An der Kasse standen zwei verspätete Personen, die gemeinsam in einen der beiden anspruchsloseren Filme gingen. Als er seine Karte gekauft hatte, betrat er das gähnend leere, aber prächtige Vorkriegsfoyer, an dessen Eingang ein paar Plakate hingen und ein veralteter, ausgeblichener Pappaufsteller stand. Hinter einer Theke überreichte ein Angestellter, dem Pärchen Eis und Wechselgeld, gähnte, ohne sich die Hand vor den Mund zu halten, als die beiden sich umgedreht hatten und zum größten Kinosaal lustwandelten, und begutachtete anschließend seine dreckigen Fingernägel. Er wusste wohl, dass die frühen Vorstellungen eher langweilig waren und kaum jemand Popcorn, Süßigkeiten oder Getränke kaufte.

Er ging an der Theke vorbei, warf dem Mitarbeiter einen teilnahmslosen, vielleicht etwas angewiderten Blick zu und verschwand durch die rechte Saaltür in den mittelgroßen Zuschauerraum. Es war dunkel. Er benötigte einen kurzen Augenblick, um sich an die Dunkelheit zu gewöhnen, tastete sich aber trotzdem schon ein paar Schritte weiter. Wegen dem verpassten und dem verspäteten Bus, lief die Werbung bereits. Gegen die beleuchtete Leinwand konnte er die Umrisse der unokkupierten Bestuhlung Reihe für Reihe durchgehen, die in einem leichten Schwung nach unten zur Leinwand verlief. Trotzdem würde man von der

Leinwand nicht viel sehen können, wenn sich jemand Großes vor einen setzte.

Er suchte sich einen Platz ganz zentral im Kino, um mittig und nicht zu weit entfernt vom Bild zu sitzen, weil die Leinwand sowieso viel zu klein für den Saal war, und um andererseits keine Genickstarre zu kriegen. Nach drei weiteren Spots war der Werbeblock vorbei und das Licht ging für zwei Minuten an. Dies war die letzte Gelegenheit, um nach der beständigen Berieselung mit voreingenommener Konsumberatung sein Geld auszugeben. Vielleicht wäre früher einmal nun jemand durch das Kino gegangen, ein Wägelchen vor sich herschiebend, Eis und Getränke verkaufend. Diese Mühe machte man sich wegen der kaum vorhandenen Gäste nicht mehr. Er drehte sich nicht um, um nach möglichen anderen Kinobesuchern zu schauen. Wer wollte sich schon diesen Film ankucken? Das Hauptlicht ging aus und der Vorführer startete die Filmrolle, vor die zwei öde, zutiefst langweilige Filmvorschauen geschnitten waren. Als auch diese endlich vorüber waren, verlosch auch die matte Beleuchtung an den Seitenwänden und ließ ihn allein mit dem Film.

Er genoss das weit über zwei Stunden lange Spiel seines Schauspielfavoriten, der wieder einmal grandios war. Er liebte es, allein in den großen dunklen Sälen zu verweilen, ohne durch das Kichern, Kauen oder Knutschen anderer genervt zu werden. So wie es jetzt war, größtmöglicher visueller und akustischer Bombast, den er daheim nicht erleben konnte, für sich ganz allein, so machte Kino Spaß! Es war niemand da, der ihm die Sicht versperrte, und niemand, der ihn durch Kommentare oder was auch immer von der Aufmerksamkeit des Films ablenken konnte. Er verlor sich in der Geschichte, die nur ihm erzählt wurde.

Das Ende.

Die Abschlussmelodie begann zu spielen, die Besetzung lief in der Reihenfolge des Auftritts über die Leinwand und die schwache Seitenbeleuchtung im Saal ging an.

Er setzte sich wieder aufrecht hin, nachdem er den ganzen Film über tiefer und bequemer in den Sessel gesunken war. Sein rechtes Bein war eingeschlafen und kribbelte nun wie wild. Er massierte seine Wade einen Moment, aber es nutzte nichts. Also streckte er seine Arme und seinen Oberkörper, griff nach seiner Jacke und stand auf, um den Saal zu verlassen. Jedes Mal, wenn er mit dem rechten Fuß auftrat, zwickte und kribbelte sein Bein von neuem. Er humpelte langsam die Sitzreihe entlang bis zum Gang an der linken Seite, wo er stehen blieb. Die ganze Zeit über sah er gebannt auf die Leinwand. Eigentlich konnte er mit den ganzen Namen, die aufgezählt wurden, rein gar nichts anfangen, aber er sah es als eine Art der Würdigung an zu bleiben, denn schließlich hatten sie alle ihren Teil zu dem Film beigetragen, wenn auch nur als Fahrer, Koch oder Mikrofonhalter. Zuletzt waren die im Film benutzten Lieder aufgeführt. Es ärgerte ihn aus irgendeinem Grund, dass die Musik immer zuletzt kam. Wenn einem ein Lied gefallen hatte, musste man den gesamten Abspann anschauen, um zu erfahren, wer es gesungen hatte. Und dann liefen zwei oder drei Liedtitel nebeneinander über die Leinwand mit solch einer Geschwindigkeit, dass man so schnell kaum den richtigen Titel fand und sich eigentlich auch gar nicht hastig genug notieren konnte. Wurde die Musik von den Filmemachern so wenig geschätzt? Wie sonst sollte man die Lieder wiederfinden? Selbst Magazine listeten sie nicht einzeln auf. Das nervte ihn, obwohl er sowieso meist bis zum Schluss sitzen blieb. Dann waren auch meist schon alle anderen Besucher gegangen. Bei diesem Film allerdings war es nur orchestrale Filmmusik, die er sich nicht kaufen würde.

Der Vorhang ging zu und das Hauptlicht an. Er wandte sich von der Leinwand ab und wollte sich durch den Ausgang begeben, doch er zögerte eine unmäßig lang erscheinende Schrecksekunde. Er war doch nicht allein! Der Fremde stand gerade von einem der hinteren Plätze auf, um ebenfalls das Kino zu verlassen. Gefasst und erschüttert zog er seine Jacke enger um die Schultern und rauschte den Gang entlang, um den wachen Augen des Fremden zu entkommen. Den Blick auf die Schuhe gerichtet flogen seine Schritte den ansteigenden Teppichboden entlang, rasend wie sein Herz, von Adrenalin angespornt. Vorne war bereits die dunkle, die Rettung versprechende Tür zu erahnen. Ein schwarzer Turnschuh drang seitlich in sein Gesichtsfeld ein, dann ein zweiter. Das war der Fremde! Er sah zu ihm auf, obwohl er es nicht wollte. Der junge Mann sah ihn ein wenig abwesend, aber freundlich an.

"So eine Überraschung…"

Oh, nein! Hatte er ihn erkannt? Gewiss, gewiss!

"Ich dacht, ich wär allein im Film", stotterte der Fremde.

Erleichterung! Er wusste es nicht!

Aber wie hatte er von hinten seinen über die Sitzreihen hervorlugenden Kopf übersehen können?

"Ich eigentlich auch…", kam die Erwiderung ablehnender aus seinem Mund, als er es beabsichtigt hatte. Aber dann war er schon zur Tür hinaus, sicher, dass sie vor der Nase des Fremden zufiel. Durch die schmucke, zur bevorstehenden Abendvorstellung besser gefüllten Vorhalle und vorbei an der Kasse hinaus in die nächtlich kalte Luft eilte er. Er raste durch die kaum mehr geschäftigen Straßen. Die Läden waren geschlossen, Imbisse und Restaurants verköstigten drinnen Hungrige, manche Kneipen waren voll und laut, einige Kioske verkauften Tabak und Alkohol – alles, was man halt spätabends brauchte. Seine Füße und seine Lungen brannten durch die unnötig gehetzte Flucht vor dem

Fremden, der ihm gefährlich nahe gekommen war. Er ging aber erst langsamer, als er an der letzten Ecke vor der Bushaltestelle, an der er einzusteigen gedachte, beinahe mit einer Frau zusammenstieß.

Er stieg diesmal vorne in den Bus und setzte sich auch weiter vorne hin. In den späteren Abendstunden warteten die Busse an dieser zentralen Haltestelle aufeinander, um den Kunden das Umsteigen zu garantieren. Darum bewegte sich für knapp zehn Minuten nichts, dann starteten mehrere Busse gleichzeitig die Motoren und nahmen ihre Strecke in alle Himmelsrichtungen in Angriff.

Sein Blick war aus dem Fenster, doch seine Gedanken nach innen gerichtet. Er sinnte über den Film nach, der ihn ein wenig verstört hatte. Die Geschichte des körperlich Behinderten, der etwas in seinem Leben erreichte und nach Jahren der Einsamkeit endlich Freunde fand, war zwar einfühlsam erzählt und ermutigend, so dass er sich zu gerne damit identifiziert hätte. Doch wozu sollte er persönlich sich ermutigen lassen? Er war weder körperlich noch geistig eingeschränkt, sondern lediglich sozial und deswegen sollte er sich von dem Film bloß nicht auf dumme Ideen bringen lassen, ermahnte er sich. Außerdem mochte er es nicht sonderlich, wenn körperliche Entstellung dargestellt wurden. Das schürte irgendwie Berührungsängste und bereitete ihm ein inneres Unbehagen.

Er versuchte diese Gedanken zu verbannen, doch dann musste er an das unerwartete Zusammentreffen mit dem Fremden denken. Es hatte ihn ganz aus dem Gleichgewicht gebracht. Es ärgerte ihn, dass er angesprochen worden war; aber noch viel mehr, dass er beinahe die Kontrolle über sich verloren, hätte er nicht diese Flucht angetreten; und dass er so rau wider den Fremden gewesen war. Es war alles so widersprüchlich. Denn wer verbot ihm schon, freundlich zu sein, falls mal doch jemand freundlich zu ihm war? Und dennoch durfte es einfach nicht sein! Auch darüber wollte er eigentlich nicht sinnen und drängte die Grübeleien zur Seite. Je mehr er sich aber gegen sie wehrte, desto stärker kamen sie zurück in seinen Kopf. Zum Glück waren es nur noch zwei Haltestellen, bis er aus-steigen musste.

Pragmatisch, wie er war, stand er erst auf, als der Bus bereits hielt, und schlüpfte geschickt durch die sich gerade öffnende vordere Tür. Weil er aber einige Meter gegen die Fahrtrichtung des Busses zurückgehen musste, sah er jeden, der durch die hintere Tür ausstieg. Selbstverständlich war der Fremde unter ihnen. Viele gingen über die Straße und einige gingen vor ihm her, verschwanden nach und nach in den Häusern. Der Fremde ging jedoch immer weiter vor ihm her, auch als sonst niemand mehr da war. Dieser drehte sich nicht zu ihm herum. Wahrscheinlich wusste er, dass er hinter ihm herging. Der Fremde ging zwar relativ langsam, langsamer als er selbst normalerweise ging, aber er wollte hinter dem Fremden bleiben, damit er ihn nicht irgendwann überholen musste. Das wäre ihm unangenehm. Was, wenn er ihn erkannte und wieder ein Gespräch anfing? Also passte er seine Geschwindigkeit der des jungen Mannes an und wahrte seinen Abstand.

Kurz vor seinem Wohnkomplex bog er in eine Seitenstraße. Erst dort trennten sich ihre Wege, denn der Fremde ging weiter geradeaus. Beim Zurückschauen sah er, in welches der Häuser der Fremde verschwand, kaum drei Steinwurf von seinem eigenen Wohngebäude entfernt. Obwohl sie so nahe wohnten, war er ihm seit einem Jahr nicht außerhalb des Waldes begegnet.

Seine Mutter war, obwohl es noch halbwegs früh war, schon ins Bett verschwunden. Er las eine Stunde, bevor er sich zum Schlafen niederlegte, und konnte in dieser Nacht lange Zeit nicht einschlafen. Seine Gedanken hielten ihn wach.

Gedanken an dich

Regen peitscht mir ins Gesicht.
Das Sonnenlicht,
von Wolken gedämpft,
lässt die Stadt grau
und eintönig aussehen.
Ich fliehe vor dem Lärm,
dem Chaos.
Das Laub des Waldes,
der Jahreszeit entsprechend verfärbt,
hält dem Prasseln der Tropfen
nicht mehr Stand,
fällt durch das zusätzliche Gewicht
zu Boden.

Ich kehre zurück
zu dem Platz meiner Kindheit,
unserem geheimen Ort.
Ich setze mich
in das fast zerfallene Baumhaus
und gebe mich der Flut
der Erinnerungen hin.

Die Gedanken an dich
sind die einzigen glücklichen,
zurückgeblieben aus meiner
verdrängten Vergangenheit.
Du scheinst mir realer denn je.
Die Hoffnung, dich wieder zu sehen,
lässt mich diesen trüben Alltag überstehen.

Jede Minute dachte ich an dich,
doch mit der Zeit verblasste dein Gesicht.

Ich bin nun hier,
um dich wieder zu finden,
in der Hoffnung,
das Puzzle meiner Vergangenheit
zusammensetzen zu können,
um das Geheimnis
meines Zustands
herauszufinden.

4

Donnerstagmorgen, der letzte Tag des Oktobers. Seine Laune war auf ihrem Nullpunkt, dennoch gab er nicht auf und nahm sich vor, stark zu sein und diesen Tag durchzuhalten. Schließlich hatte er die Hausaufgaben gemacht und das sollte nicht vergebens gewesen sein.

Indem er das Haus verließ, wurde ihm klar, dass dieser Tag einfach schrecklich werden würde. Es war wieder kalt und auf dem Weg zur Bushaltestelle begann es regnete. Die Jacke, die er trug, hatte keine Kapuze, aber eine andere oder einen Regenschirm zu holen, war ihm aber zu umständlich. Er rannte stattdessen als Konsequenz so schnell er konnte durch den Regen zur Bushaltestelle. Die Scheiben des beheizten Busses beschlugen von der hohen Luftfeuchtigkeit durch die verdunstende Nässe der Kleidung der Fahrgäste.

Auf dem Schulhof in dem Gedränge aus Regenflüchtenden und Schirmen liefen drei der jüngsten Schüler auf ihn zu. Der vorderste hielt etwas in seiner Hand und wedelte damit hin und her. Der zweite versuchte, es aus der Hand des anderen zu reißen. Der dritte lachte und rief immer wieder: "Zu mir, zu mir!" Der vorderste hielt geradewegs auf ihn zu. Er war schnell und achtete dessen ungeachtet nicht darauf, wo er hinrannte, weil er zu beschäftigt damit war, seine Beute dem Opfer vorzuenthalten. Er kam immer näher. Auf den letzten Metern drehte er sich endlich um, sah ihn, begriff, was zu geschehen im Begriff war und wich kreischend, aber noch rechtzeitig zur Seite aus in die morastige Wiese neben dem Weg, sonst hätte ihn das Blag über den Haufen gerannt. Sein Pech, wenn er sich dadurch seine Schuhe und Hose dreckig machte!

Das Mädchen hinter ihm sprang erschrocken zurück und fiel glücklicherweise in die starken Arme ihres Freundes, der im Abschlussjahrgang war und neben ihr herging. Der Beinaherempler taumelte und rutschte auf dem glitschigen Schlamm aus, landete lang gestreckt und rutschte ein Stück weiter, nun über und über mit Matsche besudelt.

Wenigstens gibt es doch ein bisschen Gerechtigkeit auf dieser Welt, dachte er bei sich. Der Schurke endet am Boden und das Mädchen in den Armen des Helden. Er ärgerte sich trotzdem über diese überflüssige Aktion.

Die erste Stunde, Religion, ging ohne weitere Vorkommnisse vorüber. Jedoch in der zweiten, Mathe, kam die nächste Schlappe des Tages: Die Hausaufgaben, die er bearbeitet hatte, waren, wie war es anders zu erwarten gewesen, die falschen und nebenbei noch viel zu viel. Der Lehrer war erbarmungslos und machte ihn vor der Klasse nieder. Caroline und ihre Freundinnen, sowie alle anderen fanden es höchst amüsant.

In der Pause nach der Stunde blieb er als einziger auf seinem Platz sitzen. Er hörte, wie die anderen über ihn lachten. Einige stellten sich ganz unverfroren in seine Nähe und lachten ihn offen aus. Er tat so, als würde er nichts davon bemerken, aber es tat weh und das ließ sich trotz seiner jahrelangen Übung nur schwerlich verbergen. Er hatte angenommen, dass nach der langen Zeit, die er nun unbeteiligt in dieser Klasse saß, niemand mehr Interesse daran hätte, ihn aufzuziehen und lächerlich zu machen. Er hatte gedacht, er wäre so unwichtig, dass niemand auch nur einen Gedanken an ihn verschwendete. Anscheinend war er noch nicht unwichtig genug, um nicht mehr Opfer von blöden Schülerstreichen zu werden. Er war der Fremdkörper in der Klassengemeinschaft. Das war auch vorher schon mehr als klar, aber nun würde er noch strengere Konsequenzen daraus ziehen müssen. Nachdem er dem in den letzten Jahren meist glimpflich entgangen war, musste er nun damit rechnen, in nächster Zeit das Ziel neuer Grausamkeiten zu werden, so etwa Zielscheibe für Wurfgeschosse wie Kreide oder nasse Schwämme oder für Reißzwecken auf dem Stuhl.

In der zweiten Doppelstunde beruhigte sich die Klasse wieder etwas und ließ ihn in Ruhe. Er fühlte sich trotzdem unzulänglich. Wieso war er nur so doof gewesen, jemandem zu vertrauen? Er wusste doch zu gut, dass man etwas Derartiges nicht tat.

In der großen Pause setzte er sich abseits des Schulhofes unter ein Dach, denn es regnete immer noch leicht, zog aus seinem Rucksack ein kleines Büchlein, das schon halb zerfleddert war. Er schlug es auf den ersten Seiten auf und begann darin zu lesen:

Bernardo: Wer's da?
Francisco: Nein, antwortet mir! Steht und enthüllt Euch selbst!
Bernardo: Lang lebe der König!
Francisco: Bernardo?
Bernardo: Er.
Francisco: Du kommst sehr gewissenhaft auf deine Stund.
Bernardo: Es schlägt grad zwölf. Schaff dich ins Bett, Francisco.
Francisco: Vielen Dank für diese Ablösung. 'S ist bitterkalt, und ich bin zu Tode betrübt.

Der letzte Satz gefiel ihm. Das Buch fing ganz gut an und es ging auf den nächsten Seiten spannend weiter. Dafür konnte man Shakespeare wirklich nur beglückwünschen. Es wurde von einer erschreckenden Erscheinung gesprochen, die zweimal gesehen worden und doch unglaublich war. Und dann erschien der Geist abermals, diesmal in Anwesenheit des Sohnes. Er hatte den Eindruck, der Hamlet würde ihm auch dieses Mal wieder gefallen. Die Sprache allein war grandios.

Weil er von seiner Lektüre so gefesselt war und zu weit abseits saß, überhörte er das Läuten zum Pausenende. Erst zehn Minuten später wurde ihm bewusst, dass das Schreien und Toben auf dem Schulhof aufgehört hatte. Die Ruhe war ihm wohl nur zu willkommen gewesen. Entsetzt sprang er das Buch zuschlagend auf und rannte zum und durch das Gebäude zum Physikraum. Vor dem Raum angekommen, hörte er durch die grün gestrichene Tür die entsetzliche Stimme des gehassten und gefürchteten Lehrers.

Er hielt inne, atmete erst einmal tief durch, denn er war außer Atem, und betrat etwas beruhigter den Raum. Alle Augen richteten sich auf ihn. Es war still, selbst der Lehrer hatte sich im Sprechen unterbrochen. Wunderbar, nun galt ihm die unliebsame Aufmerksamkeit aller! Das war etwas, das er sonst sehr geschickt zu umgehen wusste.

Der Lehrer blickte ihn an und sagte kein Wort. Darum erwog er, sich auf einen der freien Plätze in der leidigen und deswegen noch freien ersten Reihe zu setzen. Doch noch ehe er den Stuhl erreicht hatte, löste sich der Lehrer aus seiner Ungläubigkeit über diese unverschämte Unverfrorenheit.

"Wo kommen Sie denn her? Wie können Sie es wagen, zu spät zu kommen? Wo waren Sie?"

Er zog es vor, nichts zu sagen und das Gezeter einfach über sich ergehen zu lassen. Er fühlte sich schon schlimm genug. Da brauchte er nicht noch eine derart ermutigende Szene.

"So geht das nicht! Dafür gibt es einen Tadel. Einfach zu spät kommen, den ganzen Unterricht stören und das ohne Grund." Der Lehrer sah ihn streng an und vergrößerte die Anspannung durch eine bewusst lange Pause, ehe er mit frostiger Stimme fortfuhr: "Oder haben Sie einen triftigen Grund dafür?"

Er senkte den Blick, mit dem er bislang mutig den des Lehrers erwidert hatte, und sagte nichts. Er hatte ja gewusst, dass Herr Angermann erbarmungslos war, aber dass er um ein einmaliges Zuspätkommen so ein Aufhebens machte, damit hatte er nicht gerechnet. Der Lehrer hätte einfach weitermachen können, ohne sich daran zu stören. Andere konnten das doch auch. Aber anscheinend hatte er nur nach einem Grund gesucht. Nicht er hatte den Unterricht gestört, sondern der Lehrer hatte ihn unterbrochen. Er erinnerte sich wieder: Schon öfter hatte Herr Angermann grundlos Schüler angebrüllt, mehrmals hatte es sogar danach ausgesehen, als würde er denjenigen an die Gurgel springen.

Er fühlte sich schlecht. Sein Kopf pochte und sein Magen verkrampfte sich. Und was dann folgte, gab ihm den finalen Dolchstoß. Aus der letzten Reihe sagte jemand ungefragt: "Ich habe ihn vorhin gesehen. Er hat gelesen und absichtlich den Gong überhört."

So eine Lüge! Es war ein Versehen. Und was mischten die sich eigentlich in fremde Angelegenheiten ein! Der Lehrer schaute erst suchend durch den Raum, um den Sprechenden auszumachen, fixierte dann doch wieder ihn und dann das Buch, was er nach wie vor in der Hand hielt.

"So so, der Hamlet. Na, immerhin ein Klassiker. Aber wir sind hier nicht in der Literaturklasse, sondern in der Physik. Und so wie es aussieht, werden Sie diesen Kurs nicht bestehen. Das bedeutet: Keinen Abschluss! Oder glauben Sie, Sie können den Stoff? Na, dann kommen Sie mal nach vorne und beweisen Ihr Können!"

Das war's! Er war sich bewusst, dass er scheitern würde, wusste, dass dies sein Ende bedeutete. Er wollte nicht nach vorne treten, doch der Lehrer wiederholte seine Aufforderung und er kam ihr widerwillig nach. Er ging nach vorn zur Tafel, nahm ein Stück Kreide in die Hand und schrieb auf, was ihm der Lehrer diktierte. Dann stand er vor der Aufgabe und wusste nichts weiter damit anzufangen, was aber nicht nur an seiner Gemütsverfassung lag, sondern auch damit zusammenhing, dass die gesamte Klasse niemals zuvor dieses Themengebiet behandelt hatte. Er wurde böswillig vorgeführt.

"Und was ist? Sind Sie zu dumm für diese Aufgabe?", stichelte der Lehrer und die Schüler kicherten amüsiert. "Nun machen Sie schon, Hamlet!"

Und damit geschah es: Etwas in ihm zerbrach. Er fühlte es ganz deutlich. Es war ein Zerspringen, das nur er hörte, ein Zerreißen, das nur er spürte. Es schmerzte und er war kurz davor, in Tränen auszubrechen. Er war vernichtet! Aber er riss sich in letzter Verzweiflung zusammen und stand ruhig, den Lehrer fixierend, da. Eine Weile duellierten sie sich mit ihren Blicken, dann ließ der Lehrer nach: "Nun setzen Sie sich schon wieder hin. Das war ja erbärmlich!"

Er setzte sich in die erste Reihe und spürte die brennenden Blicke in seinem Rücken. Und dann, mit einem Mal, zog ein grauer Schleier über ihn und hüllte ihn ein. Alles wurde unwirklich und bewegte sich von ihm weg. Sein Verbündeter nahm ihn in seine schützende Umarmung und er wusste, dass der Schmerz ihn sicher hielt. Er vergaß alles um sich herum, fühlte sich plötzlich frei und unbeschwert, wie in einer Seifenblase, die ihn von allem fernhielt. Nichts drang mehr zu ihm durch. Er nahm nicht mehr wahr, wie das schadenfrohe Kichern von den stahlharten Worten des Lehrers unterbrochen wurde, nicht mehr, wie die Stunde verstrich, und auch nicht, wie er hinterher seine Sachen nahm und die Schule verließ. Auch fiel es ihm nicht auf, dass er die letzten beiden Schulstunden schwänzte. Der Seifenblasenzustand fühlte sich warm und sicher an, obwohl das Wetter kalt und stürmisch war, und trug ihn wie in

Trance nach Hause, wo er seine Schulsachen aus dem Rucksack schüttete und ohne nachzudenken ein paar andere Dinge zusammenpackte.

Er fühlte nicht einmal, wie ihn seine Füße aus dem Haus, durch die Straßen und in den Wald, den Hügel hinauf zu der Eiche trugen. Es kam ihm vielmehr so vor, als schwebte er dorthin. Auch fühlte er nicht, wie es im Wald wieder anfing zu regnen, nachdem es im Laufe des Mittags allmählich aufgehört hatte. Die Tropfen trommelten auf die Blätter, die noch am Baum hingen, sowie auf seinen Kopf. Sein Kopf fühlte sich leer an.

Als er den Baum erreichte, holte etwas aus seiner Tasche, die er am feuchten, aber etwas geschützten Stamm der Eiche abstellte, kletterte in den ihm wohlbekannten Wipfel, setzte sich auf einen hohen Ast und begann, mit seinen Händen zu arbeiten, mit geschickten, wenn auch unbekannten Griffen. Erst als er mit seiner Tätigkeit fertig war, schlüpfte sein Bewusstsein ein klitzekleines Stück zurück in diese Welt und er erkannte, was er soeben getan hatte. Er entlockte ihm ein Schmunzeln. In seinen Händen hielt er einen soliden Strick, den er aus dem Springseil seiner Mutter gebastelt hatte. Diese Ironie war trotz der Situation befreiend.

Er wusste nun, was er zu tun hatte. Seit Jahren hatte er endlich ein festes Ziel, etwas das ihm endlich die Ruhe bringen würde, die er sich so lange ersehnt hatte. Selbst wenn es einen Gott gegeben, so hätte er ihn mit seinen Engelsscharen nicht an der Durchführung hindern können. Das also war seine Bestimmung und er würde sich ihr freudig beugen. Er knotete die Schlinge fest an den Ast, auf dem er saß, ein Lächeln auf seinem Gesicht. Selbst seine Augen lachten in Erwartung dessen, was geschehen sollte.

Da, da war sie wieder, die Flöte in seinem Kopf! Sie spielte wieder ihr Lied voll Trauer und Melancholie. Und war da nicht auch eine Stimme, die zu der Flöte sang? Es war wirklich eine Stimme, beruhigend und tief. Klagend und sanft drückte sie die Wunden seiner Seele in ihrem schwermütigen Gesang aus, Abschied nehmend. Der kalte Wind blies dazu sein Winterlied. Er bat ihn darum, ihn mitzunehmen, wo auch immer er hinwehte. Trag mich weit fort von hier!

Er versicherte sich davon, dass der Strick feste saß, nicht reißen oder der Knoten sich lösen würde. Das war er, der Moment, auf den er gewartet hatte, der Augenblick, den er sich so und nicht anders in seinen Gedanken ausgemalt, der Augenblick, auf den sein gesamtes Dasein hingesteuert hatte. Es war perfekt. Nun konnte er sich endlich gehen lassen.

Ein letztes Mal betrachtete er die Wiese, die Landschaft, die Wälder, die Autobahn, die Überlandmasten und die Stadt in seinem Rücken. Würde er dieses Leben vermissen und es bereuen? Gewiss nicht! Würde er sich erinnern? Wer wusste das diesseits schon vorher, aber vermutlich nicht. Er schloss seine Augen, stellte sich die Welt vor, wie sie sich weiterdrehte, ohne von seinem Ende Notiz zu nehmen.

Er lauschte der Musik in sich. Eine Violine hatte nun seine herzzerreißende Abschiedsmelodie übernommen. Sie wiederholte das Thema seines Lebens und seines Endes und verwob beide miteinander. Er stellte sich seine Traumwelt vor, das glückliche Leben, das er nie gehabt hatte und nie hätte haben können: eine Familie, Freunde und Freuden, Hoffnungen, Vertrauen. Er sah die in seiner Vergangenheit zerstörte Brücke in diese nicht realisierte, für ihn unerreichbar entfernte Welt. Nun denn, beide Welten würden bald in sich zusammenstürzen und vergehen.

Es war endgültig Zeit für ihn zu gehen, Zeit für seinen Spaziergang über die Wolken. Er bedankte sich im Stillen bei Gott, dem Schicksal oder Zufall, wem auch immer er sein leidvolles, schwer zu tragendes Leben verdankte. Selbst ausgesucht hatte er es sich auf keinen Fall. Woher es auch immer gekommen war, wie auch immer es seinen Weg genommen hatte, das wurde nun alles Vergangenheit. Er griff zum Strick, um ihn sich um den Hals zu legen...

...als plötzlich das Bellen eines Hundes erklang und ihn so sehr erschreckte, dass er beinahe vom Baum herunterfiel. Er öffnete ungläubig seine Augen. Die Töle lief wirklich über die Wiese. Ein Schreck durchfuhr ihn. Er würde auffliegen. Man würde ihn rechtzeitig entdecken und retten, wenn er es jetzt tat. Verdammt, am Baumstamm lehnte noch immer sein Rucksack, um ihn zu verraten. Er musste etwas unternehmen, den Rucksack und sich selbst verstecken und später weitermachen. Er bereute es, seine Sachen dort unten so gedankenlos und unvorsichtig platziert zu haben. Vorhin hatte es noch nützlich geschienen. Wer hätte schon damit rechnen können, dass jemand zu dieser Zeit und bei diesem Wetter hier vorbeikäme?

Das Tier hatte seine Tasche entdeckt, lief zumindest schnurstracks auf den Baum zu. Geistesgegenwärtig hangelte er sich von Ast zu Ast hinunter, um ihm möglicherweise zuvorzukommen, seine Gegenstände an sich zu nehmen und zu verbergen. Auf einem der unteren Äste sah er derweil schon, dass ein Mensch, der Fremde unter einem Regenschirm, bereits sehr nahe war.

Er kletterte auf einen Ast auf der Rückseite des mächtigen Stammes, um nicht gesehen zu werden. Was sollte er nur tun? Seinen Rucksack zu retten, bedeutete, dass er sich vor dem Fremden preisgab. Wenn man ihn hier bei seinem Vorhaben entdeckte und davon abhielt, waren Fragen, was er vorgehabt hatte und wer er war, nicht weit. Vielleicht würde der Kerl aus Vorsicht die Polizei rufen und ihm somit nachträglich einen Psychologen auf den Hals hetzen. Man würde ihn sicherlich nach seinen Gründen und seiner

Vergangenheit verhören, ihn womöglich in eine Anstalt stecken, mit Elektroschocks und starken Psychopharmaka behandeln. Wenn er sich andererseits zurückhielte und unbemerkt bliebe, nähme der Fremde höchstwahrscheinlich seinen Rucksack an sich und damit auch seinen größten Schatz: den Ordner mit seinen Manuskripten, seinem gesamten Werk an Gedichten und Geschichten, Seiten um Seiten gefüllt mit seinem Leben und Gedanken, sein Lebenswerk. Den durfte er um keinen Preis verlieren! Auch wenn das, worüber er geschrieben hatte, getrennt von seinem Leben keinen Sinn ergab, so gehörte es doch zu ihm und durfte ihm nicht fortgenommen werden.

Der junge Mann kam immer näher.

"Was hast du da gefunden, Ellie? Einen Rucksack? Was macht der denn hier?", wunderte sich der Fremde und rief stotternd in den Wind: "Hallo, ist da jemand?"

Er befand sich in einer Zwickmühle: Egal wofür er sich entschied, Manuskripte oder sein Unerkanntbleiben, das andere musste er unweigerlich opfern. Wofür sollte er sich entscheiden? Wenn er seinen Plan vollendete, könnte er seine gesammelten Worte ohnehin nicht mitnehmen, wo auch immer er hinging. Aber sie bedeutete ihm zu viel, da er noch lebte. Sie waren das einzige, das ihm überhaupt etwas auf dieser Welt bedeutete. Diese Manuskriptsammlung war ein Teil von ihm.

Was, verdammt, sollte er tun, wofür sich entscheiden? Seine Gedanken liefen auf Hochtouren, er zermarterte sich das Gehirn mit der Frage, was die richtige Wahl war.

"Scheint niemand hier zu sein. Sollen wir den Rucksack hier liegen lassen oder mitnehmen, was meinst du, Ellie? Wenn ihn jemand vergessen hat, wird er ihn bestimmt hier suchen. Andererseits wenn er hier länger rumliegt, weicht er vollkommen durch."

Der Fremde stotterte gar nicht mehr. Tat er es wohl nur, wenn er nervös und unsicher war, in Gegenwart anderer Leute? Er hatte keine Zeit mehr, darüber nachzudenken, denn er hörte, wie der Fremde die Tasche öffnete und in ihr raschelte. Was, zum Teufel, sollte er nur tun? Wofür sich entscheiden: Rucksack oder seine unerkannte Identität? Was, verflucht!

"Hier ist nur ein Ordner mit vielen Papieren und Krimskrams drin", erklärte der Fremde unnötigerweise seinem Köter.

Er wollte schreien, wollte vom Baum springen und seine Sachen an sich reißen. Doch mit einem Schlag wurde ihm schwindelig, dann schwarz vor Augen. Ein leises Stöhnen kam über seine Lippen, aber der Wind trug es ungehört hinfort. Sein Bewusstsein spielte ihm einen Streich. Bevor er eine Entscheidung treffen konnte, bemächtigte sich eine unbekannte Instanz seiner selbst der Kontrolle und brachte ihn um seine freien Willen. So hatte er sich das eigentlich nicht gedacht.

"Okay, du hast ja recht, ich nehme sie mit und wir bringen sie zur Polizei. Dann gehen wir aber jetzt sofort zurück und dorthin." Der Hund hüpfte auf und ab. Tier und Mensch verließen den Fundort, den Rucksack lässig über die Schulter geworfen.

Sein Aussetzer endete. Er hing verkrampft auf einem der unteren Äste und eine Woge von Frustration schlug über ihn ein. Er war von sich selbst verraten worden und der Fremde hatte nun seine Manuskripte. Darüber hinaus fühlte er sich von seinem Freund, der Eiche, im Stich gelassen, weil sie ihm nicht den versprochenen Schutz gewährt hatte.

Er konnte nicht am Ort seiner größten Niederlage verweilen. Darum sprang er vom untersten Ast zu Boden, kam etwas wackelig zu stehen und ließ den Baum zurück.

Das Gesamtergebnis war extrem ernüchternd. Seine Seifenblase war zerplatzt. Soeben wurde ihm das erste Mal bewusst, dass er vom Regen völlig durchnässt war. Zwar hatte es zwischenzeitlich fast wieder aufgehört, doch dafür blies der Wind noch kälter als bisher. Er schlotterte am ganzen Leib und fühlte sich miserabel, zog seine Jacke enger um sich, so dass Tropfen aus ihr gewrungen wurden. Wärmen konnte sie ihn nicht.

Über die Wiese und durch den Wald schleppte er sich, keuchend und stöhnend. Seine Verärgerung war ohne Maß. Warum hatte er das nur zugelassen? Warum hatte er sich selbst verraten? Alles war verloren. Noch sinnloser konnte sein Leben kaum sein. Eigentlich hätte er sich nun noch viel eher gehen lassen können, doch ein Weiterleben war die einzige sinnvolle Strafe für seine Unzulänglichkeit, jeder Ausweg nur ein Fortlaufen vor dieser Gerechtigkeit. Ach, verdammt, er fror so entsetzlich! Seine Zähne klapperten. Schrecklich war die Kälte, die ihn wie die Leere lähmte. Er hatte Mühe, überhaupt zu gehen.

Er hatte sich schon ein langes Stück durch den Wald gezerrt, als er hinter den Bäumen zu seiner Linken das Knirschen von Schritten hörte. Mit großer Anstrengung steigerte er seine Geschwindigkeit. Seine Beine brannten und waren schwer. Seine Kehle brannte ebenfalls. Ein schleimiger Geschmack von Eisen lag in seinem Mund. Er hustete kurz.

Vor ihm erschien eine Weggabelung und der Hund des Fremden trottete zwischen den Bäumen auf ihn zu. Als er die Gabelung erreichte und das zutrauliche Tier ihn, sah er auf dem linken Weg den Schattenriss einer Person auf ihn zugehen; es musste der junge Mann sein, der umgekehrt war und dem Hund folgte.

"Hey, du, entschuldige...!", rief ihm der Fremde stotternd entgegen.

Er blieb stehen und starrte ins Leere im Versuch, sein blasses Gesicht und seine zitternden Lippen im Schatten zu verbergen.

"Natürlich entschuldige ich dich", erwiderte er.

Der Fremde kam mit jedem Schritt näher.

"Was ist los mit dir? Du bist ja pitschnass. Du siehst gar nicht gut aus."

Ohne den Fremden direkt anzusehen, zeigte er zitternd auf den Rucksack: "Das ist meiner."

"Das wusste ich nicht. Ich hab…"

"Darf ich ihn wiederhaben?"

"Oh, natürlich, warte!" Der junge Mann blieb vor ihm stehen und nahm den Rucksack von seinen Schultern. Er hielt ihm diesen hin und er griff danach. Sobald er ihn mit seinen Händen umklammerte, sank er zu Boden…

Ist das der Tod?

Der Regen trommelt gegen das Fenster.
Ich stehe auf und
ziehe den Vorhang weg.
Die Bäume beugen sich im Sturm.
Ich weiß die Jahreszeit nicht.
Ich gehe hinaus und
spüre die Kraft der Natur.
Der Wind spielt mit meinem Haar,
spielt mit meinem nassen Haar.
Das Gewitter bewegt sich schnell.
Die Wolken, sie sind so dunkel.
Ein Blitz zuckt,
fällt zu Boden
– für einen Moment ist es möglich,
die Umgebung zu sehen,

dann wird es wieder dunkel.
Sogar mein Leben scheint im Dunkeln zu liegen.
Ich hebe meine Arme in den Himmel
und schreie so laut ich kann.
Noch ein Blitz.
Ich fühl es kommen.
Ich fühl mich schwach,
sinke zu Boden.
Ich wünsche, dass das der Tod ist!
Oh, wie ich mir wünsche, dass das der Tod ist!

5

Ein leichtes Plätschern drang an seine Ohren. Er fühlte sich momentan warm und leicht, fast schwerelos. Vergessen waren die Probleme, die ihn vorher geplagt hatten. Er war sicher an diesem dunklen Ort, dessen Gluckern sehr nah und überall um ihn herum war. Dies war sicherlich der Unterweltfluss Styx, den die Schatten der verstorbenen Seelen passieren mussten. Er, der Verhasste, war demnach nicht einfach nur Sage, er war Realität, der wirkliche Fluss des Grauens.

Er konnte sich noch an die letzten Ereignisse erinnern, die sich abgespielt hatten, bevor er leblos in sich zusammengesunken war: Der Fremden hatte ihm seinen Rucksack zurückgegeben. Das musste ihn erlöst haben, weil er somit den Obolus besaß, den er dem dämonischen Seelenfährmann Charon entrichten musste, um über den Styx gebracht zu werden, ohne einhundert Jahre lang warten zu müssen. Seine Manuskripte waren wohl ein adäquates Fährgeld. Heutzutage waren solche Dinge sicherlich wertvoller als die Münze, die man früher als Bezahlung unter die Zunge des Toten gelegt hatte. War dies das Geheimnis?

Komischerweise konnte er sich nicht daran erinnern, was nach seinem Zusammenbruch geschehen war. Hatte er Charon bereits getroffen? Saß er in seinem Boot? Oder war er sogar schon auf der anderen Seite, in dem ungesehenen Haus des Hades?

Gewiss war er in der Unterwelt. Doch roch es hier viel angenehmer, entgegen seiner Erwartung, nach Kräutern oder Kiefer. Das konnte er nicht so genau ausmachen. Hatte jemand ihm die Augen verbunden, damit er nicht den Weg zurück in die Welt der Lebenden fand? Er konnte überhaupt nichts sehen. Oder war dieser Ort wirklich so stockdunkel?

Freilich, diese Gegend hieß Erebos, die Dunkelheit. Dieser Name war nicht zufällig gewählt worden.

Etwas platschte neben ihm und er wurde am Unterarm gegriffen. War das die alte Hand Charons, der ihn bald ein Stück weiterführte? Wollte der greise Fährmann ihm helfen aus dem Kahn zu steigen? Er wurde ein wenig nervös in der Undeutlichkeit dessen, was weiterhin geschehen mochte. Er wartete einige Zeit, aber nichts passierte. Man hielt zwar noch immer am Handgelenk, aber es wurden keine Anstalten gemacht ihn zu führen. Was war los?

Sodann wurde sein Handgelenk freigegeben, es plätscherte abermals und Schritte klackerten, entfernten sich und hallten von weitem zu ihm hin. Man ließ ihn wieder alleine. Er verstand das nicht. Es beunruhigte ihn. Sollte er in jene Richtung folgen, in der die Schritte verklungen waren? Bislang hatte er sich noch kein Stück bewegt. Vielleicht wurde gerade das von ihm erwartet.

Er strengte sich an sich zu bewegen, aber seine Gliedmaßen waren müde, träge und schwer, und es kostete ihn viel Kraft, seinen Kopf auch nur ein Stückchen nach rechts zu drehen, die Richtung, in der die Geräusche verschwunden waren. Es fühlte sich seltsam an. Die rechte Seite seines Gesichtes empfand eine Veränderung, die er nicht treffend beschreiben konnte. Es war sehr merkwürdig, so als würde sich eine senkrechte Grenze über sein Gesicht verschieben. Er hob seine Hand zum Gesicht. Sie war schwer. Auch sie erfühlte einen unverkennbaren, kühlen und fremdartigen Wechsel und wurde unverzüglich schwerer. Es plätscherte und als seine Hand dem Gesicht nahe kam, tropfte es ihm auf die Nase und Wange. Das ging doch nicht mit rechten Dingen zu.

Sofort wurde ihm alles klar. Er öffnete die Augenlider, die so leicht und doch schwer waren, und kniff sie gleich darauf wieder zu, dann blinzelte er und fand sich, nachdem sich seine Augen an das dumpfe Licht gewöhnt hatten, in einem hell gefliesten Zimmer in einer Wanne liegend. Das grünliche Wasser, in dem er lag, war warm dampfte und dampfte schwach. Für eine spärliche, matte, aber warme Beleuchtung sorgten mehrere Kerzen, die überall im Raum verteilt waren.

Kraftlos fragte er sich, wo er war, wie er hierhin gekommen war und was das alles auf sich hatte. Zumindest eins war nun offensichtlich: Die Sache mit Styx, Charon und dem ganzen Schwachsinn war nichts weiter als eine fixe Idee. Er war weder tot noch in der Unterwelt. Aber jemand war hier gewesen, jemand, der ihn hierhin gebracht haben musste. Jemand hatte ihn also im Wald liegend gefunden und… und irgendwohin gebracht… Er vermutete, dass es der Fremde gewesen sein musste, der ja direkt vor ihm gestanden hatte. Aber wo war dieses Wo? Konnte dies ein Krankenhaus sein? Nein, das glaubte er nicht. Dazu fehlten der typische Geruch und das unverkennbare Aussehen von Krankenhäusern. Nicht, dass er schon oft in einem gewesen war, aber er hatte seine einschlägige Erfahrung gemacht bei dem einen Mal, das er selbst in einem gewesen war nach einem schweren Unfall. Es schien eher so, als wäre er bei dem Fremden zu Hause.

Wie auch immer! Er sollte lieber herausfinden, wie die Lage aussah, riet er sich. Da sich niemand in diesem Zimmer aufhielt, musste er wohl auf sich aufmerksam machen. Sollte er rufen? Er war schwach und sein Hals fühlte sich rau und trocken an. Rufen kam ihm zu anstrengend vor. Er könnte warten. Höchstwahrscheinlich würde der Fremde oder der Jemand bald wieder nach ihm sehen kommen.

So kam es auch. Unlängst darauf hörte er ein leises Schlurfen, das sich ihm näherte, ohne dass er gerufen hätte. Über dem Rand der Badewanne erschien zuerst ein heller

Becher, von zwei Händen gehalten, es folgten die Arme und zuletzt kam ein Gesicht in sein Sehfeld.

"Du bist wach, das ist gut. Dann war es nicht so schlimm", sagte der Fremde, ohne wirklich zu stottern, und setzte sich ihm zugewandt auf den Rand der Badewanne. Das dampfende Gefäß, das er gebracht hatte, platzierte er vor sich auf den schmalen Grat, so dass es dort gefährlich wackelig stand. "Wie fühlst du dich? Geht es dir besser? Soll ich dich doch vorsichtshalber ins Krankenhaus bringen?"

Er sah ihn an, fragend, ohne zu antworten. Sie musterten sich gegenseitig, gleichwohl ohne Ablehnung. Als sich ihre Blicke trafen, sah der Fremde zag zu der Tasse.

"Ich hab dir einen Tee gemacht, um dich von innen zu wärmen." Das Schweigen schien ihm etwas unangenehm gewesen zu sein. Nun hatte er es gebrochen und sah ihn mit einem gutmütigen, doch unsicheren Lächeln an.

"Danke, ich fühl mich nur ein bisschen schwach. Geht gleich wieder", erwiderte er, um nicht unfreundlich zu wirken. Der andere kniff Verständnis ausdrückend die Lippen leicht aufeinander und blinzelte kurz mit den Augen, griff mit der linken Hand zur Tasse und beugte sich über das Wasser, sich mit der rechten abstützend.

"Es wird dir schnell besser gehen." Hilfe stellend hielt der Fremde den Tee an seinen Mund, um ihn trinken zu lassen. Er öffnete die Lippen und ein kleiner Schluck spülte sich seine Kehle herunter und verbrannte sie. Er gab ein kurzes Grunzen von sich. Der Fremde verstand, nahm die Tasse weg und lehnte sich wieder in eine bequeme Sitzhaltung zurück.

"Tut mir leid! Das hatte ich nicht bedacht." Er stotterte wieder, sah entschuldigend zu ihm herunter, setzte sich dann mit einem Ruck auf: "Jetzt wird es, denk ich, Zeit, dass du aus dem Wasser kommst. Zu lang ist sicherlich auch nicht gut." Er stellte den Becher an die Seite auf den Boden. "Kannst du aufstehen oder soll ich dir helfen?"

Er nickte leicht. Mit der tatkräftigen Unterstützung des Fremden wurde er aus dem Wasser und über den Rand auf den Badvorleger manövriert. Er trug noch fast seine komplette Kleidung außer Schuhe und Pullover und tropfte darum alles voll. Auch der Pulli und die Jeans des anderen waren in Mitleidenschaft gezogen worden.

"Ich werde dir und mir was Trockenes zum Anziehen holen. Setz dich doch so lange hin!"

Gestützt durch die Hand des Fremden ließ er sich auf den Rand der Wanne nieder und sah dem Fremden nach, der den Flur hinunter schritt und um die Ecke verschwand. Während er wartete, wurde ihm wieder kälter. Zuerst bekam er eine Gänsehaut, dann fing er an zu bibbern.

Der Fremde kam mit einem Stapel Kleidung zurück. Sobald er ihn sah, schrie er aus: "Oh nein, wir holen dich so schnell wie möglich aus den Klamotten."

Er legte den Stapel auf die Waschmaschine, ein paar Gegenstände darauf zur Seite schiebend, und half ihm, die Sachen auszuziehen. Diskret drehte sich der andere herum, um nach einem Handtuch zu greifen und es, noch immer abgewandt, herüber zu reichen, während er sich mühsam komplett entkleidete und es sich um die Hüften legte. Der junge Mann nahm ein großes Badetuch, half ihm dabei, sich hinzustellen und trocknete ihn behutsam und sorgfältig ab. Er sah ihm dankbar und skeptisch zugleich an und hielt sich wankend an der Wand und an der offen stehenden Tür fest.

Als der Fremde fertig war, trat er einen Schritt zurück und griff zu der Wäsche. Als er freilich sah, wie die Gestalt vor ihm schwankte, zog er rasch einen langen, flauschigen, grauen Bademantel hinter der Tür hervor und half ihm hineinzuschlüpfen, zog ihm noch ein Paar dicke Socken an und führte ihn dann wortlos den Flur entlang in das

Wohnzimmer, setzte ihn auf das Sofa und legte eine mollige Wolldecke über seinen Schoß und um seine Schultern. Dann ließ er ihn noch einmal allein, um sich umzuziehen und den Tee zu holen, den er auf den Holztisch neben das Sofa stellte. Zuletzt sank der Fremde in den Sessel daneben und betrachtete ihn. Sie saßen sich gegenüber. Der Fremde sah ihn jetzt unumwunden und ohne Scheu an.

Er fühlte sich schon ein bisschen besser und sah sich, ohne die Blicke des anderen zu beachten, in dem Wohnzimmer um. Es war ihm unangenehm, weil er sich schrecklich schämte und sich sicher war, dass der Fremde irgendeine Erklärung erwartete. Ihm fiel auf, dass der Hund nirgends zu sehen war. Er vermutete, dass dieser im Schlafzimmer eingesperrt war. Eine der Türen war geschlossen, als sie daran vorbeigegangen waren. Verwunderlich war nur, dass er keinen Ton, kein Bellen, kein Jaulen, kein Tapsen hörte. Entweder war es ein äußerst ruhiges Tier in der Wohnung oder es schlief. Er fragte den Fremden, denn er brauchte seine Kenntnis des Hundes nicht verbergen. Der Fremde bestätigte, dass Ellie, wie die Hündin hieß, im Schlafzimmer schlief.

Das Wohnzimmer war relativ klein und üppig möbliert. Das Sofa, auf dem er saß, war dafür ausgesprochen breit, hatte ziemlich hohe Lehnen, wirkte mit seinem biederen, braunen und dicken Bezug sehr alt und passte vom Dessin überhaupt nicht zu dem daneben stehenden Sessel. Durch die Polster konnte man die Federn leicht spüren. Trotzdem war das Sofa äußerst gemütlich. Darüber hing in einem verschnörkelten goldenen Rahmen das Ölbildnis einer hübschen Zigeunerdame mit einer breiten Goldkette und einem roten, prall gefüllten Kleid. Links zwischen Sofa und Sessel stand die lebensgroße Figur einer nubischen Schönheit mit nach oben gehaltenen Armen, in denen in einer großen Kugel ein milchig-mattes Licht schien. Vor dem Sofa stand

ein niedriger, ebenfalls altmodisch wirkender dunkler Holztisch mit kunstvollen Schnitzereien und Verzierungen, die
edel aussahen. Auf diesem brannten mehrere Teelichter in
mannigfaltigen Haltern und verbreiteten Atmosphäre. Nur
ein einziger anderer Gegenstand befand sich auf dem Tisch:
eine große Glaskugel auf einem prächtigen Holzfuß. An der
rechten Seite des Sofas stand ein helles Holzregal voll mit
Büchern, die Mehrheit davon wohl Antiquitäten, ein paar
Videos, eine große Vinylsammlung und einer Stereoanlage
samt Plattenspieler. Daneben führte die Tür zum Flur und
den restlichen Räumen der Wohnung. Direkt ihm gegenüber stand eine bauchige Kommode im eher barocken Stil
mit einem klobigen Fernseher darauf, links daneben ein aus-
ladender Ficus. Rechts neben der Kommode war der Raum
etwas tiefer und bildete eine Nische für eine Essecke aus
drei rot lackierten Stühlen und einem einfachen, an die
Wand geschobenen Tisch, auf dem einige Zeitschriften
lagen und eine uralte Registrierkasse stand. Eine Tür in der
linken Nischenwand führte zu einer winzigen Küche, die
sich hinter der Wand hinter der Glotze erstreckte. Von der
Decke hing in der Mitte des Wohnzimmers eine Birne in
einem papierenen runden Schirm mit dunklen Drahtrippen,
wohingegen über der Essecke eine in violettem Glas im
Sechzigerstil prangte. Beide brannten nicht.

Die Einrichtung war ein Sammelsurium der kuriosesten
Gegenstände, nicht bloß ein Durcheinander günstiger und
zusammengesammelter Möbel, sondern authentische, kost-
bare Objekte, die er nicht in der Wohnung des jungen
Mannes erwartet hatte. Er staunte nicht schlecht darüber
und fragte sich, woher diese Dinge stammen mochten.
Waren dies Erbstücke?

Auf der Fensterbank links standen üppige Pflanzen, die
prächtig gediehen und der Jahreszeit zum Trotz blühten.
Eine Glastür neben dem Fenster führte zu einem schmalen

Balkon, auf dem einige wetterfestere Pflanzen dem Herbst-
wetter trotzten. Jenseits hatte sich längst Dunkelheit über
die Welt gelegt. Der Wind kreischte unheimlich um die
Hausecke, doch konnte er ihnen hier nichts anhaben. Hier
waren sie geschützt. Er fühlte sich sicher.

Mich gefunden

Du hast mich gefunden.
Wir kennen uns nicht.
Du wirst mich verwunden,
bevor mein Herz spricht.

Wir stehen gegenüber.
Du siehst mein Gesicht,
schaust genau zu mir rüber,
erkennst mich doch nicht.

Ich bleibe verborgen.
Du kommst mir nicht nah.
Vergessen schon morgen,
als war ich nie da.

Du hast mich vergessen.
Ich war niemals da.
Erinnrung gefressen.
Ich bin unfassbar.

Worin lag der Sinn,
dass du mich gefunden?
Denn Schatten ich bin,
hab mich dir entwunden.

6

Er hatte seine optische Entdeckungsreise durch dieses unbekannte Terrain abgeschlossen und war sichtlich beeindruckt. Er lehnte sich vor, hielt die Decke am Saum fest, damit sie nicht von seinem Schoß glitt, und griff nach dem Becher. Er lehnte sich zurück und nahm einen Schluck. Im Tee war Honig und ein guter Schluck Zitrone, so dass er erfrischend süß-sauer schmeckte. Er legte seine Hände mit dem Gefäß auf den Schoß und sah zu dem Fremden herüber, der ihn noch immer betrachtete. In dessen Gesicht glühte ein gewisser Stolz auf die Einrichtung, doch er fragte ihn aus widersprüchlicher Bescheidenheit nicht, wie es ihm gefiel.

Sie sahen sich schweigend an, ohne dem Blick des anderen auszuweichen, obwohl die Stille unbehaglich war. Dem Fremden brannten wahrscheinlich tausend Fragen auf der Seele, doch er stellte sie nicht, hielt sich aus Taktgefühl zurück und gab sich mit seiner Menschenkenntnis und Vorannahmen zufrieden, bis er sich zu fragen trauen würde. Sie beide hatten ihre Vermutungen und Erklärungen, was ihr Gegenüber und dessen Geschichte anlangte. Das musste vorerst ausreichen. Keiner von beiden sagte ein Wort, keiner brach das Schweigen. Beide wollten viel vom anderen erfahren, trauten sich aber nicht, überhaupt einen Anfang zu machen, schließlich war der jeweils andere ein Fremder, ein Unbekannter, in dieser merkwürdigen Situation. Andererseits war er sich nur zu gut darüber im Klaren, dass der Fremde ihm geholfen, ihn anscheinend bis hierher getragen hatte. Und die Situation im Bad hätte man durchaus als intim bezeichnen können, zumindest für seine Verhältnisse. Dennoch – oder gerade deswegen? – überwog ihre Schüchternheit und Zurückhaltung, was den sozialen Umgang mit anderen Menschen betraf. Möglicherweise war auch der Fremde ein gebranntes Kind. Jedenfalls bot diese verkorkste Situation kaum Boden für eine einfache Annäherung. Die Vorkommnisse im Wald waren rätselhaft und verstörend. Ein Gespräch anzufangen, ohne dies anzusprechen, wirkte unmöglich und unangemessen, das fühlten beide. Doch darüber zu reden, wäre ebenfalls äußerst merkwürdig. Es würde unangenehme Erklärungen erfordern, die der junge Mann seinem Gegenüber nicht entkitzeln wollte, nicht, wenn es nicht freiwillig kam.

Der Fremde ging in die Küche und holte für sich auch eine Tasse. Er brachte gleich die Kanne mit und füllte beide Tassen auf. Der Tee dampfte und kleine Schwaden stiegen sich verwirbelnd auf. Er schlenderte hinüber zum Regal, zog etwas heraus und drehte sich zu dem anderen, der beobachtete, was der Fremde tat.

"Magst du einen Film gucken?", brach dieser mit nervösem Stottern die Stille. Er wollte ihn irgendwie von der Unbehaglichkeit ablenken, ihn unterhalten, wenn sie sich schon nicht unterhalten konnten. "Ich hätte hier zum Beispiel den allerersten Film von Carter, falls dich der interessiert."

"Ich kenn den zwar schon, aber warum nicht? Ich kann mir den immer wieder ansehen. Der ist und bleibt einer seiner besten."

Er hatte keineswegs den versteckten Wink mit dem Zaunpfahl übersehen: Er erinnerte sich also an ihr Zusammentreffen im Kino. Ein Leugnen war zwecklos. Wie viel mehr wusste der Fremde wohl über ihn? Er musste von nun an vorsichtiger sein, ihn nicht zu viel von sich wissen und zu nahe an sich heran zu lassen. Er hatte das erste Mal jemals den Eindruck, dass jemand in dieser Hinsicht eine Gefahr für ihn darstellen könnte.

"Also gut", sagte der Fremde und öffnete die Kommode, in welcher der Videorecorder raffiniert untergebracht war. Es war ein Toplader, so ein richtig altes Modell. Er fragte sich, wie wohl die Kabel verlegt worden waren und wo er das alte Schätzchen herhatte. Das es überhaupt noch funktionierte! Der andere griff zu den Fernbedienungen, die auf dem Fernseher lagen und setzte sich neben ihn aufs Sofa, weil man von dort sehr viel besser sehen konnte – obwohl nicht so gut wie im Kino. Der Fernseher wurde auf das richtige Programm eingestellt und der Film gestartet.

"Ich glaub, es ist besser, wenn ich die Uschi ausmache", grinste der Fremde schelmisch, stand noch einmal auf und betätigte den Schalter am Kabel, das über den Boden von der Steckdose unterm Fenster bis zur nubischen Lampenfrau führte.

"Die heißt Uschi?", fragte er ungläubig.

Der Fremde nickte: "Meine Großmutter hat sich immer einen Spaß daraus gemacht." Das Grinsen auf seinem Gesicht wurde noch breiter. Er setzte sich wieder hin, blies die Hälfte der Kerzchen aus und lehnte sich zurück, um sich den Film anzusehen.

So saßen sie nebeneinander. Die Blicke waren auf den Bildschirm vor ihnen, aber ihre Aufmerksamkeit zumeist aufeinander gerichtet. Es war absonderlich. Beide saßen unentspannt da und versuchten, sich möglichst wenig zu bewegen. Obwohl der Film urkomisch war, unterdrückten beide ihr Lachen, um den anderen nicht zu stören. Sie hätten auch tot nebeneinander sitzen können, es hätte nichts geändert, dachte er bei sich und erkannte das Makabere an seinem Gedanken. Danach war er noch stiller.

Zwischendurch kam nur einmal etwas Leben in die Bude, als die raffinierte Ellie die Schlafzimmertür selbst öffnete und den unbekannten Gast bellend und mit dem Schwanz wedelnd begrüßte. Er reagierte ziemlich ungehalten auf die tierische Attacke, aber Ellie ließ nicht ohne Weiteres von ihm ab. Auf Anraten des Fremden streichelte er sie mit Überwindung kurz hinter den Ohren, was sie beruhigte. Schließlich legte sie sich vor die Kommode und streunte nur hin und wieder durch die Wohnung, wobei sie mit ihren Pfoten laut auf dem Laminatboden tapste.

Es brannten nur noch ein Teelichtchen auf dem Tisch. Der Film war zu Ende und sie hatten kein einziges Wort in der ganzen Zeit gewechselt, außer als der Hund reinkam. Man hätte denken können, die beiden wären stumm. Der Fremde griff zu den Fernbedienungen, schaltete den Fernseher aus, stoppte das Abspielen des Videos und ließ das Band zurücklaufen.

Er sah sich nach einer Uhr um, konnte aber im ganzen Zimmer keine einzige entdecken, noch nicht mal am Videorekorder. Er war verwirrt, da er eigentlich erwartete, dass jeder Mensch mindestens eine Uhr im Wohnzimmer hatte. Hatte er sie übersehen? Er sah sich noch einmal um, blieb jedoch ein zweites Mal erfolglos. Schließlich wandte er sich an den Fremden neben sich, der seinen Becher ergriffen und ihn in einem durstigen Schluck geleert hatte.

"Kannst du mir sagen, wie spät es ist?"

"Einen Augenblick", erwiderte der Fremde, griff zur zur Seite gelegten Fernbedienung, schaltete die Röhre erneut ein und machte den Videotext an. Beide konnten es deutlich lesen, deswegen ersparte sich der andere ein beantwortendes Vorlesen. Es war mittlerweile kurz nach zehn. Der Film hatte einige Überlänge.

"Ich denk, es wird langsam Zeit für mich zu gehen", erklärte er ohne Begründung, um seinen Aufbruch einzuleiten. Freitagsabends sollte seine Mutter zu dieser Zeit bereits tief schlafend im Bett liegen, weil sie völlig ausgelaugt von der Arbeit war. Sie schien auf seine Selbstverantwortung zu bauen und war noch nie aus Sorge um ihn länger aufgeblieben. Es war ihm einfach nur zu komisch, bei dem Fremden zu bleiben und das Schweigen weiter zu ertragen. Nicht, dass er grundsätzlich etwas gegen Schweigen hatte. Es war nur sehr merkwürdig, wenn jemand Fremdes dabeisaß und man die unausgesprochenen Erwartungen, die im Raum schwebten, regelrecht spüren konnte.

"Ich weiß nicht, ob es so eine gute Idee ist, in der Nacht vor Allerheiligen alleine vor die Tür zu gehen. Es ist eine unheilvolle und gefährliche Zeit", erklärte der Fremde seine Bedenken. Er wirkte etwas beunruhigt, stotterte aber erstaunlicherweise nicht.

"Ach Quatsch! So weit habe ich es ja nicht und es ist längst noch nicht Mitternacht. Außerdem feiern doch nur die Amerikaner Halloween", wandte er ein. Dass er nicht weit weg wohnte, sollte keine neue Kunde für den jungen Mann sein, also sagte er dies ohne Skrupel.

Ohne darauf einzugehen, erwiderte der Fremde sanft: "Wahrscheinlich hast du Recht. Ich bin manchmal einfach viel zu abergläubisch."

Die beiden standen auf. Er fühlte sich wesentlich besser. Er legte die Decke zur Seite. Nun, da er aufstand, kam es erst wieder in sein Gedächtnis zurück, dass er immer noch nur den Bademantel trug. Auch dem anderen fiel dies auf.

"Im Bad liegen noch die trockenen Klamotten für dich. Ich hoffe, dass sie dir nicht allzu groß sind."

"Für die paar Schritte wird es schon gehen."

Der andere setzte sich wieder und er ging aus dem Wohnzimmer. Der Hund taperte einige Schritte hinter ihm her, blieb aber auf der Schwelle des Flures stehen und ließ ihn allein ins Badezimmer gehen, wo er sich gemächlich umzog. Die Anziehsachen des Fremden waren ihm fürwahr groß und fielen wie weite Säcke um seinen schmächtigen Körper. Es waren bequeme Sachen, keineswegs modisch und aus eher schlichtem oder grobem Stoff. Dass sie ziemlich ausgebeult waren, hätte sie noch um einiges bequemer gemacht, wenn sie nicht so groß gewesen. Er krempelte die Ärmel und Beine hoch, sammelte seine nassen Klamotten zusammen, wrang sie über der Wanne aus und knüllte sie zu einem Bündel zusammen, das er auf dem linken Arm aus dem Bad trug.

Der Fremde saß im Sessel. Er hatte die ausgebrannten Teelichter ausgetauscht und alle wieder entzündet. Auf dem Tisch vor ihm standen zwei kleine, goldverzierte Gläschen und ein Schnapsgefäß aus Ton, das mit keinem Etikett versehen war.

"Es ist eine alte Tradition bei uns, zu dieser Gelegenheit anzustoßen, also leg doch die Sachen zur Seite und trink mit mir!"

Er tat, wie ihm geheißen, obgleich mit einem skeptischen Stirnrunzeln, und trat ins Wohnzimmer. Der Fremde griff zur Flasche, öffnete sie etwas ungeschickt und schenkte ihnen ein. Er stand auf und kam zu ihm herüber, die beiden Gläser in den Händen. Eines davon reichte der andere ihm und er nahm es entgegen.

"Diese Nacht war bei den Heiden, wie etwa den Kelten und Angelsachsen, die Nacht vor Neujahr, so eine Art uraltes Sylvester, das mit Feuerfesten gefeiert wurde, böse Geister zu vertreiben. Die Heiden glaubten auch daran, dass die Seelen der Verstorbenen zu ihren alten Heimen zurückkehrten. Es wurden sogar die dunklen Mächte angerufen, um Prophezeiungen zu Hochzeiten, Glück, Gesundheit oder Tod zu machen. Lass uns also auf unser Glück trinken!"

Sie erhoben gemeinsam ihre Gläser, er prostete dem Fremden zu und sie stießen an. Heimlich hatte er für sich selbst auf seinen nur aufgeschobenen Tod angestoßen, ohne dass der Fremde etwas davon wusste. Als er das Glas an seinen Mund führte, konnte er den starken Geruch von

Frucht, Kräutern und Alkohol des dunklen Schnapses riechen. Er atmete ihn tief ein und spülte das Tröpfchen seine Kehle hin-unter. Es brannte furchtbar und sein Kopf wurde ganz heiß. Er hüstelte und spürte, wie das teuflische Gebräu zu seinem Magen strömte und auch dort zu brennen anfing. Der Fremde hauchte seinen Feueratem gequält aus. Nach einem mühsamen Moment grinste ihn der Fremde mit einem Mal spontan an, so als wären sie miteinander verschworen. Er erwiderte ein überwundenes, scheues Lächeln.

"Was war das?"

"Holunderschnaps."

"Vielen Dank! Ich muss jetzt gehen", sagte er und stellte das Schnapsglas auf den Tisch. Seinen Dank auszusprechen fiel ihm normalerweise schwer, es sei denn, es war für eine Lappalie. Er selbst sah seinen Dank durch den Trunk motiviert, hoffte aber, dass der junge Mann es jedoch vielmehr auf den gesamten Abend bezog.

"Nichts zu danken!" Der Fremde wurde etwas ernster, stellte sein Glas neben das andere und führte seinen Gast zur Tür, die er mit dem Ratschlag, viel Vitamin C zu sich zu nehmen und sich warm zu halten, aufschloss und öffnete.

"Und vergiss deinen Rucksack nicht!", musste er ihn erinnern und die Situation wurde abermals befremdlich. Ellie tänzelte im Flur herum und versuchte, sich durch Lecken der linken Hand vom Gast zu verabschieden. Er zog seine Hand weg, drehte sich weg, schulterte seine klamme Tasche, die in der Ecke stand, hob das Bündel nasser Wäsche vom Boden auf und trat zur Tür hinaus. Ohne ein weiteres Wort, lediglich mit einem nichtssagenden Nicken ging er mit gesenktem Kopf zur Treppe und hob seine Augen nur zu einem letzten scheuen Blick. Als er den ersten Absatz erreicht hatte, rief ihm der Fremde die Frage nach seinem Namen hinterher und trat einen Schritt nach vorne in Erwartung, ihn noch einmal um die Ecke blinzeln zu sehen.

"Wulf", scholl es den Flur hinauf, während seine Schritte die Stufen herunterpolterten. Noch ehe der Fremde seinen Namen in Erwiderung nennen konnte, war Wulf schon aus der Haustür in die Nacht hinaus verschwunden.

Der Fremde trat in die Wohnung zurück, verschloss die Tür und ließ sich gedankenverloren in den Sessel sinken.

Depressiv

Ich hab auf meiner Brust ne Narb entdeckt,
hab des verletzten Herzens Blut geleckt.
Nach der Verletzung Ursprung ich nun tracht
und nach seiner unheilvollen Macht.

Ich habe hinter dem scheinbaren Glück
das deutlicher sichtbare Pech entdeckt,
das mich bedrückt… doch ist es nur ein Stück
– ach nein, es ist viel mehr als nur ein Teil!
Bin ohne ein Gefühl, mein Herz ist kalt,
aus Furcht vor meiner selbst ich Abstand halt
und wehr mich mit Sarkasmen, Ironien.
So muss ich bei Annäherungen fliehn,
muss zusehn, wie die Menschlichkeit verreckt.
Hab Angst, die Seele wird nie wieder heil.

Denn wieder könnten Menschen mich verletzen,
ließ ich den Weg zum Herzen ungeschützt.
Fänd ich das Glück, ich wüsst es nicht zu schätzen,
würd es durch die gewohnte Qual ersetzen,
weil Glück ohne Empfindung mir nichts nützt.

Ich stieg aus jedem mich beglückend Bette
nur weil ich dächt, dass ich es nicht verdiene;

würd wieder wünschen, dass ein Held mich rette.
Doch wenn der Retter käm, nicht recht er schiene.

Tief in mir toben wilde Gegensätze,
denn meine Wünsche kenn nicht einmal ich.
Mein Selbstbewusstsein ist ganz offensichtlich
der wichtigste der noch verborgnen Schätze.
Die Frage bleibt bloß, wo und wann ich's finde.
Vielleicht wenn ich das finstre Tal verlassen,
durch das ich mich nun schon so lange schinde,
wenn aufgehört ich hab, mich selbst zu hassen,
wenn ich in der Erinnerung erkannt,
was ich mir niemals vorher eingestand.

Drum muss ich tapfer über Schatten springen,
denn das Geheimnis, das ich furchtvoll mied,
kann erst die mögliche Erlösung bringen,
da jede Regung meines Herzens schied.

Dies wird eine komplizierte Such,
denn wer vermag zu sagen, wann ich's schrieb
in ein Kapitel in das Lebensbuch;
ob's nicht sein schreckliches Unwesen trieb,
weil es in meinem Vorwort stand geschrieben,
dass ich nie lernen würd, mich selbst zu lieben.
Dann wäre jede Mühe ohne Sinn,
weil ich nicht ändern könnte, wie ich bin.
Erliegend der Versuchung vor Beginn
kann ich nur sicher sein, etwas lief schief.

7

Der Fremde hörte tagelang nichts von Wulf. Er ging spazieren, doch weder auf der Straße noch im Wald oder an der Eiche traf er ihn an. Es waren triste, graue, kalte Tage. Es regnete fast ununterbrochen, selten ging der Regen in ein leichtes Nieseln über. Die dichte Wolkendecke lichtete sich kein einziges Mal. Die wenigen Leute, die der Fremde auf der Straße sah, hatten die Jacken hochgeschlossen, die Kragen hochgeschlagen und steinerne Gesichter. Sie eilten wie traurige Harlekins über die Bürgersteige und wichen großen Pfützen aus. Bunte Regenschirme kämpften gegen den Wind und verloren eindeutig gegen die allgemeine Herbstmelancholie, die auch den Fremden befallen hatte. Der Strick baumelte im Wind am Ast der Eiche und würde bald ihr einziger Schmuck sein, denn nach und nach beraubte der Wind den Baum seiner verwelkten Blätter. Noch war er von Laub verdeckt. Noch hatte ihn keiner entdeckt.

Der Fremde saß viel zuhause im Sessel, trank Kräutertee beim Schein von vielen Teelichtern, las in seiner Herbstlektüre oder dachte nach, den Blick auf eins der tänzelnden Flämmchen gerichtet. Er dachte viel über die Begegnung mit Wulf nach, ob es ihn in irgendeiner Form verändert hatte und ob er auch über ihn nachdachte. Er fragte sich, was ihn so tief in die Verzweiflung hatte stürzen können, dass er, ohne auf Wind und Wetter zu achten, im kalten Herbst durch den Wald lief. Dachte er gar nicht darüber nach, dass er sich den Tod hätte holen können? Er spekulierte, was alles in seinem Leben geschehen oder falsch gelaufen sein musste, dass er sich so wenig um seine Gesundheit scherte.

Der Fremde geduldete sich. Er wusste, dass er einen Mensch wie Wulf zu keinem Kontakt zwingen konnte. Ja, er kannte solche Charaktere, die des Lebens müde waren und niemanden an sich heran ließen, und er wusste um das leidvolle Los, das einige Menschen gezogen hatten. Zudem war er doch selbst ein wenig scheu. Fernerhin wusste er nicht, wie er ihn hätte finden können. Er würde von selbst kommen müssen. Geduld war eine der Tugenden des Fremden. Trotzdem wuchs mit jedem Tag, der verstrich, die Sorge, dass es dem Jungen elend war oder er sich letztlich irgendein Leid angetan hatte. Dann hätte ihr Zusammentreffen das Unvermeidbare nur hinausgezögert. Mit diesem Gedanken wollte sich der Fremde nicht anfreunden, denn er hoffte, dass die leichte Unterkühlung und ihre Begegnung Wulf vielleicht ein wenig geläutert haben mochte.

Nach vier Tagen klingelte es am späten Nachmittag an der Tür. Ellie eilte von ihrem Futternapf in der Küche herbei. Nachdem der Fremde die Tür geöffnet hatte, kam er mit vorsichtigen Schritten die Treppe hinauf. Er war wie jedes Mal, das er ihn zuvor gesehen hatte, schwarz gekleidet. Auf seiner Lederjacke funkelten im Flurlicht Regentropfen wie schwarze Diamanten. Der Hund begrüßte ihn ungestüm und wollte gerne gekrault werden. Der Fremde war zutiefst erleichtert und erfreut ihn hier zu sehen, konnte jedoch nicht einschätzen, wie gern der Besucher tatsächlich kam oder ob er sich nur verpflichtet fühlte. Er fragte nicht, woher der Junge wusste, an welcher Schelle er klingeln musste. Sie sahen sich mit unbewegten Mienen an, bedacht sich ihre Gedanken nicht anmerken zu lassen.

In einer Plastiktüte, um sie vor dem Regen zu schützen, brachte er die geborgten Kleidungsstücke mit. Er blieb vor der Tür stehen und überreichte sie dem Fremden. Sie waren frisch gewaschen, aber ungebügelt. Der Fremde warf keinen einzigen Blick in die Tüte. Es war ihm gleichgültig, in welchem Zustand sich die Sachen befanden und dass er sie überhaupt mitbrachte. Es hätte ihm auch nichts ausgemacht, wenn er sie behalten oder weggeschmissen hätte. Solche Dinge konnte man einfach ersetzen. Für ihn zählte etwas anderes mehr, zum Beispiel die Tatsache, dass Wulf zurückgekommen war.

"Alles in Ordnung bei dir? Keine Grippe oder so?", erkundigte sich der Fremde stotternd und bat seinen Besucher einzutreten.

"Ich hatte einen leichten Schnupfen, aber mit viel Vitamin C, wie du mir empfohlen hattest, ging er recht schnell weg", erzählte er außergewöhnlich redselig und folgte der Einladung. Der Hund wiederum folgte den beiden. Die nassen Schuhe ließ er auf der Matte vor der Wohnungstür stehen und die Jacke hängte er auf einen Haken hinter der Tür, welche der Fremde hinter ihm schloss. Gemeinsam betraten sie das Wohnzimmer. Es war seltsam, wie relativ banal und vertraut und gleichzeitig reserviert die Begrüßung ausfiel.

"Hast du Hunger oder Durst? Kann ich dir etwas anbieten?", erkundigte sich der Fremde, um seine Manieren nicht zu vergessen. Er war ein wenig verlegen und stotterte leicht.

"Etwas zu trinken wäre nett."

"Was möchtest du denn? Ich hätte da was ganz Besonderes. Magst du es mal probieren?"

"Ich weiß nicht so recht. Aber warum eigentlich nicht?", sagte er lässig und ließ sich auf dem Sofa nieder, während der Fremde in die Küche schlurfte und der Hund durch die Wohnung hin und her stolzierte. Er sah zur Essecke. Er fühlte sich seltsam einsam. Er hatte keine Erklärung dafür, war er doch ständig alleine und daran gewöhnt. Es war wahrscheinlich ein unerklärlicher Schub der Erkenntnis seiner Trostlosigkeit in der Gesellschaft eines freundlichen Menschen. Es war, als würde das Leben in ihm in großer Verzweiflung ein letztes Mal auflodern, um ein *Save Our*

Souls an die Umwelt zu schicken. Es war ein fürchterliches Gefühl. Seine Augen wurden geflutet. Er fühlte es und sah es an dem vertrauten Verschleiern seines Blickes. Er hoffte, der andere würde es ihm nicht ansehen.

Der junge Mann setzte sich mit zwei Bechern in den Händen zu ihm und reichte ihm eines der beiden Gefäße. Er nahm es und warf einen Blick hinein. Darin war eine tiefviolette Flüssigkeit, etwas dickflüssig, fast schon cremig. Es roch süßlich und fruchtig.

"Was ist das?"

"Holunderbeersaft."

"Hast du den selber gemacht?"

"Ja, ich habe noch einen alten Entsafter von meiner Mutter. Früher haben wir den gemeinsam gemacht. Sie hat sogar Marmelade und Schnaps daraus gemacht, aber mir nie gezeigt, wie das geht."

"Wo ist sie jetzt?", fragte er so behutsam, wie er konnte, denn er spürte, dass dies ein Thema war, das Sentimentalität schüren würde.

"Sie ist vor ein paar Jahren gestorben. Ich habe nicht mehr viel von ihrem Likör, aber ich mache mir jeden Herbst den Saft, um mich damit an sie zu erinnern und mich durch die trübe Jahreszeit zu retten", erklärte der Fremde und warf einen verstohlenen, unbemerkten Blick zu dem Gemälde über der Couch.

Er nickte verständnisvoll und sah in den Becher, dessen Inhalt mit einem Mal wertvoller und tiefgründiger erschien. Er führte den Becher an seinen Mund und kostete von dem Saft. Er war etwas mehlig, süß, mit einem Hauch von Bitterkeit. Nach diesem Schluck verstand er besser, warum dieses der Herbstretter des Fremden war. Er fühlte die tröstende Wohligkeit, die der Saft spendete. Wenigstens gab es etwas Trost in der Welt.

Der Herbst war garstig. Es war düster-grau, die dicke Wolkendecke schluckte jedes Licht und die Bäume schwankten im Sturm, sich ihrer Nacktheit schämend. Sie sangen ein trauriges Lied, dem man besser nicht zuhörte. Es machte seelenwund und müde, lebensmüde.

Gegen solch eine lebensfeindliche Außenwelt musste man sich in seinen eigenen vier Wänden energisch abkapseln. Der Fremde hatte vermutlich viele Talente, auch wenn sie bisher unentdeckt waren. Eines davon, das war selbst für ihn augenscheinlich, war eine gemütliche Atmosphäre zu schaffen: heimelig, wärmend, heilsam. Der Trank war nur eine seiner Maßnahmen. Die vielen Teelichtchen flackerten wieder überall verteilt und verströmten ihr oranges Licht in dem wohltemperierten Raum. Auf dem Plattenspieler kreiselten Soul-Klassiker, deren Rhythmen heiter, Melodien freundlich und Gesänge klar und warm klangen. Sie waren Sonnenschein für seine blasse Seele.

Eine Stimmung wie diejenige, die er hier vorfand, hatte er niemals kennen gelernt. Es erschrak ihn plötzlich, als er bemerkte, wie sehr sie ihn innerlich besänftigt hatte. Die Musik war überhaupt nicht sein Fall und gemütliche Orte lösten für gewöhnlich einen Fluchtimpuls in ihm aus. Es war höchst sonderbar.

Die beiden jungen Männer führten im Weiteren ein belangloses Gespräch über Gott und die Welt, ohne allzu persönlich zu werden. Sie waren beide unsicher, obgleich aus unterschiedlichen Gründen, und doch begehrten sie heimlich, mehr über den anderen zu erfahren.

Er blieb nicht lange. So sehr er den Frieden in der Wohnung des Fremden genoss, gewann nach einiger Zeit seine Menschenscheu wieder die Oberhand und trieb ihn hinaus in die unwirtliche Herbstwirklichkeit. Außerdem durfte er niemals Frieden haben, rief er sich wieder ins Gedächtnis, als er sich nach der Verabschiedung in den kalten Abend begab. Höchstens im Grab! Er vergaß seine Schuldigkeit, scholt er sich und umarmte den starken Wind. Er ging noch nicht nach Hause, sondern trieb sich durch die Düsterkeit, um Buße zu tun.

Und doch besuchte er nach einigen Tagen den Fremden wieder und länger.

Einheitsfarben

Meine Hose und mein Hemd.
Meine Augen, mein Gesicht und auch Gedanken.
Das Auto, das vorbeifährt, und der Fahrer.
Der Hund an der Leine und die alte Dame.
Das Essen, das ich mittags zu mir nahm.
Das Heim, das ich passiere.
Der Himmel und seine Wolkendecke.
Der kühle Regen, der auf den Asphalt tropft.
Die Bäume, winderschüttert.
Meine Hand am Regenschirm.

Der Herbst feiert seine Ankunft.
Selbst die Sterne diktieren Grau.

Nur eine junge Dame unter Regenbogenschirm
trotzt mit strahlendem rosa Lächeln dem Regime.

8

Der Fremde oder der andere, das war ich für ihn und so nannte er mich, wenn auch nicht ins Gesicht, so doch in seinen Gedanken und Aufzeichnungen, in denen er sehr aufrichtig und persönlich war. Dass Wulf mich den Fremden nannte, lag an seiner ungewöhnlichen Persönlichkeit. Er hätte vermutlich niemals anerkannt, dass zwischen uns erste Wurzeln von Freundschaft zu sprossen begannen, und täuschte sich selbst mit diesen Formulierungen darüber hinweg. Er war Einzelgänger und hatte keinerlei Freunde. Die erlaubte er sich aus irgendeinem Grund nicht. Er gab nicht viel von sich preis und blieb fast immer vage, wenn ich ihn aus Versehen, manchmal auch mit Bedacht, etwas Persönlicheres fragte. Ständig war er auf der Hut, als wäre er auf der Flucht, als würde er gejagt von irgendwem oder irgendetwas. Ich sah ihn niemals wirklich entspannt oder glücklich.

Den Fremden nannte er mich und doch blieb in Wirklichkeit er der Fremde, für mich wie für alle anderen. Dass ich seinen Vornamen erfuhr, war ein großes Geschenk von ihm. Es schien fast so, als wäre sein Name der Schlüssel zu seiner Seele, zu der niemand Zugang haben dürfte. Dennoch hatte er ihn mir beiläufig geschenkt, vielleicht in der Hoffnung, dass die Flüchtigkeit seinen Namen zurückstahl. So sehr ich mich ihm gegenüber auch öffnete und erzählte, blieb er doch in sich gekehrt und verschlossen. Er hatte diesen Hang zum Depressiven, als würde ihm etwas verbieten, Spaß am Leben zu haben. Zuweilen hatte ich den Eindruck, sehen zu können, wie ein schüchternes Lächeln in seinen Mundwinkeln von einer Flutwelle aus Furcht und Schuld fortgespült wurde. Er versteckte sich vor dem Leben. Seine Scheu, Vorsicht, Negativität, Skepsis, sie hatten einen dunklen Schleier über seine Erscheinung gelegt. Ständig übte er sich in einer unnatürlichen Unverbindlichkeit. Immerfort war er von einer schwermütigen Stimmung gefangen, die ihn wie eine graue Wolke umgab, eine Aura der Angst. So aussichtslos es auch schien, sah ich dahinter, tief in seinem Inneren, doch ununterbrochen einen unsterblichen Funken, eine nicht verloschene Leidenschaft zu leben. An diese richtete ich meine Appelle, nährte mit seinem stets flüchtigen Anblick meine Hoffnung, ihn von seinem dunklen Bann lösen zu können. Je weiter der November voranschritt, umso größer wurde meine Hoffnung auf Erfolg.

Der Fremde war ich für ihn und doch sein Freund. Sein einziger. Niemand wusste etwas über seine Person, nicht einmal seine eigene Mutter kannte ihn auch nur ansatzweise. Ich vermute, dass einige Menschen aus seinem Umfeld, der Schule beispielsweise, vorschnelle Urteile über ihn gefällt hatten, ohne sich die Mühe zu machen, hinter seine Fassade zu schauen. Deswegen ist es nun meine Aufgabe, seine Geschichte zu erzählen. Es gibt sonst niemanden, der dies tun könnte. Aber es muss getan werden, das sagt mir die Stimme meines Herzens. Ich muss Wulfs Geschichte erzählen, obwohl mir die Stimme meines Verstandes sagt, dass ich kein guter Erzähler bin. Mein Schicksal hat mich in diese Position gebracht, eine Fügung dazu auserkoren, darum muss ich diesen Kritiker überwinden, der ich selbst bin. Ich bin kein Shakespeare, Goethe, Rilke oder Molière, der mit Worten geschickt umzugehen weiß. Ich bin lediglich ein einfacher Mensch, der sich in dieser unumgänglichen Lage wiederfindet und seinem Los mutig begegnet. Man möge mir meine sprachliche und gedankliche Ungelenkheit vergeben!

Wulfs Leben war eigenartig, seine Geschichte traurig. Etwas war unsagbar, verstörend falsch gelaufen und hatte ihn innerlich aufs Äußerste verstümmelt. Um dies zu rekonstruieren, fehlen mir zwar wichtige Details, die das Puzzle in Gänze zusammenfügen. Doch das mir Bekannte und meine Vermutungen habe ich versucht zusammenzutragen, um Wulfs Schicksal so gut wie möglich zu erleuchten. Ich hoffe inständig, dass ich seinem Geiste gerecht werde.

Er war ein guter Mensch, in meinen Augen sogar ein ganz besonderer, ein starker. Er konnte keiner Fliege was zuleide tun, hatte ein sensibles Gespür für die Launen anderer sowie Manieren und eine aufrichtige Bescheidenheit. Er erzählte gerne Geschichten, vorzugsweise in schriftlicher Form, obgleich er der festen Überzeugung war, dass es sich nicht lohnte, von sich selbst zu erzählen, denn er hielt seine eigene Geschichte sei unbedeutend und langweilig. Er hörte gern zu, um seinen Fundus an Geschichten zu bereichern, die er irgendwann niederschreiben würde. Selbst mit Bitten, Betteln oder unter Folter hätte man kein Wort über ihn selbst aus ihm herausbekommen, weshalb ich ihn niemals darum bekniete. Nur in seinen geheimen Gedichten wurde er persönlich, was wohl der Grund dafür war, dass er sie sogar über sein Leben stellte.

Ansonsten zählte ihm sein Leben nicht viel, so viel ist klar. Seine Einsamkeit kam einer lebenslangen Haftstrafe gleich und wirft die Frage auf, wofür er verknackt wurde. Er selbst musste in diesem Urteil Angeklagter, Verteidiger, befangener Ankläger und Richter zugleich gewesen sein. Diese vierfache Rollenverteilung muss ihn grausam zerfetzt haben. Welcher Mensch, außer eine sehr starke Persönlichkeit, kann den Druck solch eines Vorgangs überstehen, überzeugt und in seiner Meinung gestärkt, ohne dass seine empörte Seele einen entscheidenden Knacks nimmt? Er muss die Schuld eines unermesslichen Fehlers auf sich geladen haben, eine erdrückende Schuld, die ihn dennoch nicht gänzlich fertig machte, sondern ihn erstaunlicherweise antrieb und erstarken ließ. Doch seine unabdingbare Schuld führte nicht zu einem sofortigen Todesurteil, das ja auch hätte gesprochen werden können. War die unermessliche Buße eines sinnlosen Dahinvegetierens dem sofortigen Verwirken seines Lebens vorzuziehen? Ganz offensichtlich! Zu sterben war seiner Schuldigkeit nicht dienlich. Er schuldete also sein Leben und eine Form der wiedergutmachenden Buße, eine Sühne auf Lebenszeit.

Ich kann nicht verstehen, warum ein Mensch sich zur Isolation verdammt. Aus Erfahrung weiß ich, dass so einige Menschen ungerechterweise an Vereinsamung leiden, sich nichts sehnlicher wünschen als einen Gefährten, den sie partout nicht finden können. Es mag gut sein, dass diese Menschen nicht grundlos allein sind, auch wenn ihnen dieser Grund verborgen oder verloren ist. Im Grunde ist nichts grundlos, nur scheuen wir uns vor den Konsequenzen, vor der Verantwortung, diesen Grund aufzuspüren und zu eliminieren. Ich habe, bis ich Wulf kennen lernte, nie jemanden persönlich gekannt, der aus freien Stücken und in vollem Bewusstsein dessen diese Selbstbestrafung wählte. Ich bin mir sicher, dass zu Wulfs Schuldigkeit noch ein weiterer Aspekt gehörte, etwas, das ihm tatsächlich den Willen zum Überleben ersetzte, ihn weiter trieb und ihm das Aufgeben verbot, ein Ziel, das er klar vor Augen hatte und verfolgte, eine Aufgabe, die erledigt werden musste, auch wenn sie mir bislang vorenthalten wurde. Vielleicht erkenne ich mehr von seinem Vergehen, seiner Strafe und seiner Pflicht im weiteren Verlauf der Geschichte, die zu erzählen ich verpflichtet bin.

Den Fremden nannte er mich und darum nenne ich mich hier selbst so, denn ich erzähle diese Geschichte für ihn und aus seiner Perspektive. Wer wem fremd war, kann ich nun fast selbst nicht mehr sagen, nachdem ich mich so sehr in seinen Blickwinkel hineingedacht habe. Auf meinem kurzen Weg mit ihm hatte ich manchmal Angst, dass ich mich vor lauter Fremdheit selbst verliere. Wer aber durchs tiefste Tal geschritten, weiß erst den höchsten Berg zu schätzen. Deswegen hoffe ich, dass er, der ewig Namenlose, in der Stille einen Namen gefunden, dass er, der einsame Wulf, der einzelgängerische Wolf, in seiner Einsamkeit seine treuen Seelengefährten gefunden, und dass er, der mit dem schwarztraurigen Herzen, in seiner tiefen Dunkelheit das hellste Licht gefunden hat.

...ohne Sinn

Worin liegt der Sinn zu gehen?
Das Ziel scheint unerreichbar weit.
Worin liegt der Sinn zu suchen?
Niemals werde ich es finden.

Was ist der Sinn zu hoffen,
außer den Mangel zuzugeben?
Was ist der Sinn zu trauen,
wenn sich niemand anvertraut?

Macht es Sinn zu beten,
dass die Scherben sich von selber kitten?
Macht es Sinn zu wissen,
wenn die grauen Zellen sterben?

Warum denke ich?
Warum tut man mir weh?
Warum versuche ich zu lieben,
wenn mich eh keiner versteht?

Was für Sinn hat unser Streben?
Was für Sinn machen Gefühle?

Ergibt irgendetwas einen Sinn
oder tun wir alles vergebens?

Was ist das Leben: Schicksal oder Zufall?
Sind wir zufällig nur hier?
...ohne Sinn?

9

Er hatte die letzte Woche vornehmlich damit verbracht, in die Schule zu gehen und zu lernen. Das Wetter hatte sich nur für einen Tag aufgeklart und diesen Tag hatte er dafür genutzt, durch die Gegend zu streunen. Zu der Eiche wollte er vorerst nicht mehr gehen und den Fremden wollte er nicht so häufig besuchen, schließlich hatte wohl nicht nur dieser Besseres zu tun. Auch er sollte sich um Wichtigeres als Freundschaften kümmern. Er musste auf der Hut sein, dass es ihm nicht zur Gewohnheit wurde, sonst konnte es gut sein, dass er irgendwann seine Vorsätze brechen würde.

Schule war öde, aber es brachte alles nichts. So setzte er sich hin und lernte, machte seine schriftlichen Aufgaben sorgfältig und bereitete Texte vor. Auch las er während der Schulzeit seinen Hamlet zu Ende. Seine Mitschüler begegneten ihm wieder vorwiegend mit Gleichgültigkeit, sofern man überhaupt von Begegnungen sprechen konnte. Wie ein Nichts behandelten sie ihn und machten sich nicht einmal einen Jux daraus, sich über ihn lustig zu machen oder ihn zu verachten. Herr Angermann sah ihn hin und wieder voll inbrünstiger Abneigung an, ließ ihn aber auch erst mal in Ruhe. Wäre die Schule keine Hölle gewesen, hätte diese Teilnahmslosigkeit beinahe der Himmel sein können.

Er war ihm ein Rätsel, warum Lehrer wie Angermann und alle anderen unterrichten durften. Wer entschied, dass sie psychologisch geeignet waren für die Abfertigung von Kindern? Sie beteten ihren Stoff herunter wie ein Vater Unser, ohne sich einen Deut darum zu scheren, ob die Schüler es verstanden. Viele behandelten die Zöglinge, die vor ihnen saßen, herablassend, so als wären dies keine vernunftbegabten jungen Menschen. Und er begann sich über das pädagogische und empathische Unvermögen der Lehrer zu wundern. Kein einziges Mal hatte ein Mitglied des Lehrkörpers, noch nicht einmal die Klassenlehrerin, ihn an die Seite genommen und mit ihm ein Gespräch geführt. Nicht ein einziges Mal! Keiner der Erwachsenen schien seine Stellung im Klassenverbund oder seine Laune zu erkennen und darauf eingehen zu können. Er war sich sicher, dass er, wäre er Lehrer gewesen, wesentlich mehr Einfühlungsvermögen gezeigt und sich, so gut es ging, für das Wohl seiner Schüler eingesetzt hätte. Er hätte sich wohl auch für jemanden wie sich selbst eingesetzt und ihm versucht zu helfen.

Dies war ein seltsamer Gedanke, bemerkte er. Warum würde er sich selbst helfen, wenn er Lehrer wäre, und half sich nicht in der Tat einfach selbst aus der Lage, in der er sich befand? Zudem ließ dieser Gedankengang es wie selbstverständlich aussehen, dass jemand wie er Hilfe benötigte und nicht unter diesen Bedingungen verweilen durfte. War Melancholie eine Krankheit? Gab es Pillen gegen Eigenbrötlertum und Mangel an sozialen Beziehungen? Was hätte ein Psychologe nach einem Gespräch mit ihm getan? Ihm ein Antidepressivum oder Lithium verschrieben? Ihn in Psychotherapie geschickt, damit er sich von der schulischen Misshandlung erholen konnte, oder gar in die Geschlossene? Er war ja nicht wirklich bekloppt. Und er war sich sicher, dass kein Psychologe bemerkt hätte, was tatsächlich in ihm vorging und welche Umstände ihn formten, wenn er es nicht gewollt hätte. So viel Einfühlungsvermögen konnte niemand aufbringen und in psychologischen Tests hätte er gewiss gewusst, welche Antworten erwünscht waren und welche einen als gestört abstempelten. Da er ja alle Vernunft beisammen hatte, hätte er in solch einer Situation das gesagt, was man hätte hören wollen, und niemand hätte ihn erkannt.

Dennoch fragte er sich mit einem Mal vehement, ob er wirklich so sensibel war, wie er sich immer ausmalte. Oder war er in Wirklichkeit nichts weiter als ein Spinner?

Aber noch nie hatte ihm auch nur eine einzige Person gezeigt, dass sie verstand oder Anteil nahm. Noch nie hatte es auch nur einen einzigen Menschen gegeben, der aufrichtig Interesse an seiner Person oder seinen Problemen zeigte, seinen Gedanken und seinem Wesen. Noch nie hatte es jemanden gegeben, in dessen Nähe er sich wohl und sicher fühlte, bis der eigenwillige Fremde seinen Weg gekreuzt und sich von seinem Hund geführt an ihn heran geschlichen hatte. Treffsicher hatte der Fremde die vermeintlich standfeste Bastion seiner Einsamkeit gestürmt. Von jetzt an gab es keine einzige Sicherheit mehr in seinem Leben und er stand vor der Entscheidung, ob er den Eindringling in seine Trutzburg mit einziehen ließ oder ob er, um sich selbst treu zu bleiben, aus dieser ins Nichts fliehen musste.

Die meiste Zeit verbrachte er deshalb damit, vor sich hin zu brüten, in die tristen Wolken zu starren und sich in düstere Gedankengänge zu verirren. Die Welt war so unsicher geworden, dass er sich fragte, wohin er sich wenden sollte, wohin er sich verkriechen konnte. Selbst seiner Seele mochte er nicht mehr trauen, da sie diesem Fremden mit mehr und mehr Freude erlaubte, ihr wichtig zu sein. Wer war dieser Mensch, dass er mit solch einer Schnelligkeit sein gesamtes Weltbild, sein Weltkonstrukt, zu zerstören drohte? Wer war er, dass er sich so sehr verunsichern ließ von einer imaginären Seele, die ihn gegen seine eigene Entscheidung zur Einsamkeit nun doch an einen Menschen zu binden trachtete? In welcher Verbindung stand seine Seele zu ihm, dass er einerseits aus unerfindlichem Grund ihrem Ratschlag vertrauen, er ihren Wünschen nachgeben wollte, und dass er ihr andererseits so sehr misstraute und sie verachtete? Warum vertraute er nicht einfach seinem Gefühl, seiner inneren Stimme, und ließ von seinem lang gehegten Gram, von seiner Traurigkeit, dem ewigen, freundlichen Schmerz, ab?

Wer oder was war denn eigentlich seine Seele? Dies war die große Frage, die er ein für alle Mal klären musste. Was war ihm die Seele und wie stand er zu ihr? Gab es diese todsicher oder waren sie bloß Konstrukte seiner biochemischen Wahrnehmung? Damit einhergehend: Waren Seelen unvergänglich oder erstarben sie zusammen mit dem letzten Gedankenfünkchen? Wenn das, was er Seele zu nennen gelehrt worden, nur eine gedankliche Illusion war, warum quälte er sich dann selbst mit einer Sehnsucht nach diesen romantischen Gefühlen und Werten von Freundschaft? Warum fühlte er sich dann so hilflos gegen die Kraft seiner eigenen Illusion? Wenn die Seele jedoch dieser spirituelle, unsterbliche Teil seiner Selbst war, dieser Hauptbestandteil dessen, was er sein Selbst nannte, warum bekämpfte er sich dann selber? Alldieweil hätte er dafür überhaupt erst einmal seiner Seele, folglich seinem Selbst, untreu geworden sein müssen und das war er nicht.

Diese und ähnliche Gedanken verfolgten ihn die Tage und beharrten auf einer Klärung, denn die anschließende Gewissheit verlangte nach einer Entscheidung. Einer sehr wichtigen Entscheidung. Die Quintessenz all seiner Fragen, sozusagen die Quintfrage war, ob das, was er als Seele bezeichnete, und egal, was auch immer diese letztendlich war, versuchte, ihn auf eine falsche Fährte oder auf den rechten Pfad zu führen. Er war sich sicher, dass diese Versuchung eine Heimsuchung war. Er schrieb das Wort nieder, denn es war ein seltsames Wort, ja, es war ein seltsam doppeldeutiges Wort: Heutzutage bedeutete es landläufig vor allem etwas Schlimmes, eine Plage, die Strafe Gottes; aber in einem ursprünglichen Sinne war sie einfach ein Besuch, egal ob von einem anderen Menschen oder einem höheren geistigen Wesen – häufig genannt Gott –, welches ja auch durchaus wohlgesinnt sein konnte.

Je länger er sich das Wort besah, desto mehr verstand er es jedoch in einem vollkommen anderen, dritten Sinn: Heimsuchung als Ersuchen, heim zu kommen. Oder konnte es gar die Suche nach Zuhause sein? War er hier gar auf einen versteckten Rückruf nach Hause gestoßen? Gab es Rückrufaktionen von der Werkstätte für Menschen?

Er schien entschlossen, alles nur Erdenkliche zu tun, um Antworten auf seine Fragen zu bekommen und die letztendliche Wahrheit herauszufinden. Er schätzte, dass all diese Gedanken nur Illusionen des Gehirns waren und er ins Nichts zurückkehrte. Aber aus welchem Urgrund waren dann das Leben und Bewusstsein ersprossen? Aus Zufall?

Selbstvergessener Engel

Trenn dich endlich von dieser groben Welt
mit ihrer Sehnsucht und mit ihrem Schmerz,
die deine Seele vom Fliegen abhält,
dich aufhält in deinem Drängen aufwärts.

Sie hält dich mit ihrer Fleischlichkeit zurück,
deinen Weg zu gehen noch so weit,
der dich hinauf führt ins Licht, in die Glück-
seligkeit, in himmlische Heiligkeit.

Vorerst sind deine Tage hier gezählt,
du wurdest heimgerufen, heim zu Gott.
Für dich wurde der Weg nach Haus gewählt,
drum trödel nicht in selbstvergessnem Trott.

Verlasse uns und spiel mit deinesgleichen,
anstatt dich leeren Träumen hinzugeben.
Wirst diese Welt schon wieder mal erreichen,
so lang musst du jedoch jenseits des Äthers leben.

Dein Sein strebt auf zu allerhöchsten Sphären,
auf ins friedensvolle Himmelreich,
wo man sich schwebend fortbewegt, als wären
Körper leicht wie Luft, gedankengleich.

Besinne dich zurück auf dein wahrhaftges Wesen,
auf das himmlische Geschöpf, das du je bist.
Tu nicht so, als wärst du jemals Mensch gewesen,
und flieg hinauf, bevor du dich komplett vergisst!

10

Nach einigen Tagen stand er wieder vor der Tür des Fremden. Es war ein Freitagnachmittag und er erwartete, dass der andere frei hatte. Er zögerte zu klingeln. Mit jedem Schritt, wie klein er auch immer sein mochte, auf den Fremden zu driftete er etwas weiter von seinem Schmerz weg. Wie weit durfte er noch gehen, bis es kein Zurück mehr gab? Wie weit noch, ehe er die Schwelle überschritten und sich selbst verraten hatte? Wie weit, bis er seinen Schwur gebrochen hatte? Mit jedem Mal wurde er vorsichtiger und zögerlicher, denn er hatte dem Schmerz seine Treue geschworen. Er war gebunden, bis dass der Tod ihn wieder schied, dachte er grimmig. Und doch wurde etwas anderes in ihm wacher und lebendiger und stärker. Mit Erschrecken stellte er fest, dass er bereits geklingelt hatte.

Der Türöffner surrte. Er betrat den wind- und regengeschützten Hausflur und stieg die Treppe hinauf. Der Hund kam ihm begrüßend eine halbe Etage entgegen. Mit vollster Zufriedenheit stellte er fest, dass er den Hund noch immer nicht mochte. Er hatte dem Tier nicht vergeben, weil es die Schuld dafür trug, dass er nun Kontakt zu diesem Menschen hatte und nicht damit umzugehen wusste. Der Fremde stand in der Tür und beobachtete ihn, wie er versuchte, den Hund abzuwimmeln.

"Ellie!", ermahnte der andere und sie gehorchte aufs Wort, ließ von ihm ab und kehrte zu ihrem Herrchen zurück. Seine gekrampfte Haltung ließ ein wenig nach, als er nach oben zu dem Fremden sah und sich bedankte.

"Schön, dich zu sehen. Komm doch rein!"

Der Fremde nahm ihm die Jacke ab und hängte sie, während er die Schuhe vor der Türe auszog, auf einen Haken. Er ging in das Wohnzimmer, wo der Hund mittlerweile vor dem Sofa saß und wartete. Aus der Küche tönte ein lautes Pfeifen.

"Oh, das Teewasser kocht", sagte der Fremde hinter ihm und schob sich an ihm vorbei in die Küche. "Du kommst gerade zur richtigen Zeit."

Er folgte ein paar Schritte, blieb in der Küchentür stehen und sah zu, wie der andere den Tee aufgoss, ein Paar Löffel und große Tassen, ein Zuckerdöschen und ein Kännchen Milch auf das Tablett, auf dem der Tee bereits stand, zusammensammelte und dieses aufhob. Er machte ihm Platz und folgte ihm zum Sofa. Der junge Mann stellte das Tablett auf dem Wohnzimmertisch ab, stieg über den Hund und setzte sich.

"Hast du Lust auf ein Spiel?", fragte er ihn, während er sich hinsetzte. Ohne seine Antwort wirklich abzuwarten, stand der andere auch bereits wieder auf, kletterte abermals über den Hund und holte aus einer der Schubladen der Kommode einen Holzkasten. Wieder sitzend hielt er die kleine Truhe auf seinem Schoß, schob mit dem linken Arm das Tablett auf dem Tisch etwas weiter von sich und öffnete die Schatulle. Darin befanden sich, sorgfältig in samtenen Vertiefungen verwahrt, elfenbeinerne und eben-hölzerne Schachfiguren und ein elfenbein- und ebenholzgetäfeltes, in der Mitte zusammenklappbares Brett.

Der andere platzierte die aufgeklappte Spiel auf dem Tisch und drückte ihm hernach das Kistchen in die Hand. Während er also damit beschäftigt war, die Figuren zwischen den Fingern zu drehen, sich die kunstfertigen Details genauestens anzusehen und die Figuren nacheinander aufzustellen, nahm der andere den Teebeutel aus der Kanne, schenkte das dampfende Getränk in die Tassen ein und füllte mit frischer Vollmilch auf. Der Fremde bot ihm auch Kandiszucker an, doch er lehnte ab. Sich selbst tat der andere aber ein Löffelchen in die Tasse und rührte klimpernd um.

"Wo hast du eigentlich all die Sachen her?", fragte er den anderen. "Viele der Sachen, die du hast, sehen alt aus, so als hättest du sie vererbt bekommen, und dennoch wirkt alles so zusammengewürftelt."

Der junge Mann forderte ihn freundlich auf, das Spiel zu eröffnen. Nach seinem ersten Zug begann der andere auf seine Frage zu antworten und so wie sich das Spiel mit jedem Zug weiterentwickelte, baute sich immer mehr ihr Gespräch auf. Vor allem erzählte der andere von sich, von seinem Leben, von seiner Vergangenheit. Er brauchte keine weitere Frage mehr zu stellen, sondern lauschte einfach seinem Gegenüber mit überraschtem Erstaunen und verbindlichem Interesse.

Die Hochzeit der Eltern des Fremden war von beiden Familien nicht sehr gut aufgenommen worden. der Vater stammte aus einer traditionsreichen Industriellenfamilie, seine Mutter war Zigeunerin, doch sie liebten einander. Beide Familienseiten waren so unzufrieden mit der Verbindung, dass sie unabhängig voneinander den Kontakt mit ihren jeweiligen Kindern abbrachen. Allein die Mutter seiner Mutter hatte sich, obgleich heimlich, um ihren Enkel gekümmert, ihn und seine Mutter immer mal wieder besucht, wenn es ging, oder Geschenke geschickt. Irgendwann später war auch das Herz des Großvaters väterlicherseits ein wenig erweicht, nachdem seine Frau gestorben war, aber zu bald war der Witwer seiner Frau gefolgt. Als die Großeltern auf beiden Seiten verstarben, rissen sich die Geschwister seiner Eltern den Großteil des Erbes unter die Finger und überließen seinen Eltern nur ein paar unliebsame Kuriositäten. Vor ein paar Jahren waren recht kurz hintereinander erst seine Mutter an Krebs und sein Vater an Gram verstorben, so dass er sich mit dem bunten Haufen an Einrichtungsgegenständen und Möbeln eine eigene, kleinere Wohnung zusammenstellte. Der Fremde hatte versucht, das Schönste und Wichtigste zu behalten, aber einiges fand keinen Platz in der recht beschränkten Wohnung. Einen Teil der Möbel hatte er daraufhin verkauft und das Geld gespart, lebte sparsam von einem annehmbaren Halbtagsjob und überlegte, wo und wie er einen Neuanfang wagen sollte.

Der Fremde hatte während der Schule eine schwere Zeit gehabt, weil er von den anderen Kindern gehänselt, ausgeschlossen und gar geprügelt worden war. Man mochte ihn einfach nicht, weil er in ihren Augen ein Mischling war. Er fühlte sich nirgends richtig hingehörig, weil ihn niemand so akzeptierte, wie er war. In dem recht kleinen und ordentlichen Dorf unweit von hier, aus der er kam, sahen alle nur, dass er nicht zu ihnen gehörte, weil sein Aussehen etwas anders war. Selbst die Sippe seiner Mutter, hätte er gewusst, wo sie waren, hätten ihn nicht als ihresgleichen angesehen, wie er vermutete. Es war eine furchtbare Situation, weil er nicht ändern konnte, wer er war. Er brach früh die Schule ab und fand einen Tischler, bei dem er eine Ausbildung machen konnte und der sich nicht darum scherte, wie kraus sein Haar war oder wie sehr er nach den schlimmen Jahren in der Schule stotterte.

Nach dem Tod seiner Eltern hatte er seine Sachen gepackt und dem spießigen Dorf den Rücken gekehrt, um in der nächstgrößeren Stadt sein Glück zu versuchen. Aber warm war er mit dieser Stadt noch nicht geworden und darum sehnte er sich fort. Allerdings war fort keine eindeutige Richtung und mit Ellie war alles erträglich, also blieb er, bis er ein besseres Ziel gefunden hatte.

Er hörte gebannt zu, war er doch überrascht, dass der Fremde so präzise und locker seine Lebens- und Leidensgeschichte zusammenfassen konnte, wohingegen er selbst nie von sich erzählen wollte. Außerdem verblüffte es ihn, wie ähnlich ihr absonderliches Schicksal zu sein schien, obgleich ein großer Unterschied zwischen ihnen bestand: Er selbst hatte den Rückzug willentlich gewählt, wo der andere das unfreiwillige Opfer seiner Umstände war.

Er lauschte fasziniert, gleichzeitig überlegend. Er glaubte, dass der andere bestimmt diskret und verständnisvoll gewesen wäre, hätte er von sich erzählt. Dennoch brachte er es nicht fertig. Niemand sonst war so reserviert und scheu wie er und er musste aufpassen, dass er nicht der Versuchung erlag, auf der billigen Grundlage ähnlicher Lebenssituationen Sympathien aufzubauen. Er wollte, durfte und brauchte vor allem keine Freunde. Trotzdem verbrachte er hin und wieder Zeit mit dem Fremden.

Während das Spiel weiter ging, schilderte der Fremde einige andere Erlebnisse, andere Begebenheiten. Obwohl er die ganze Zeit aufmerksam zuhörte, fiel ihm nicht auf, dass der andere sein Stottern komplett abgelegt hatte. Er war sich auch nicht darüber im Klaren, dass der junge Mann in den letzten Wochen in einigen Punkten aufgeblüht war, weil er nicht wusste, wie der Fremde bis kürzlich gewesen war. Ihm wurde nur teilweise bewusst, dass er sich selbst zu verändern begonnen hatte, aber das bekämpfte er ja. Dass er am Ende der Partie, die er gewann, vor Freude und Stolz strahlte, war ihm beispielsweise kaum bewusst. Dem Fremden entging dies jedoch nicht.

Dornenbusch

Der Dornenbusch stand allein
und fühlte sich schrecklich einsam.
Also machte er sich auf, einen zu finden,
der ebenfalls einsam war und es nicht sein wollte.

Er suchte wirklich an jedem Ort,
bemühte sich außerordentlich,
und obwohl er einige Gleichgesinnte traf,
so war doch nie der Richtige dabei.
Er verstand nicht, warum diejenigen,
zu denen er sich hingezogen fühlte,
vor ihm zurückwichen, ihn mieden,
wiederum die Unangenehmen,
die er abstoßend fand, ihn bedrängten.
Das einzige, was er bemerkte, war,
dass die Unangenehmen Dornen hatten,
die noch länger und spitzer als seine waren.

11

Eine Woche später in der Schule war er der letzte, der zur großen Pause den Klassenraum verließ. Eigentlich hatte er sein Butterbrot dort essen wollen, sich dann aber doch umentschieden. Er ging nach links den Korridor entlang, welcher zum Haupttreppenhaus führte, der bis auf ein paar eilige Schüler ruhig war. Der Himmel war diesen Morgen aufgerissen, ein wenig Sonne schien zwischen den Wolken hindurch und die Lehrer hatten alle Schüler hinaus auf den Pausenhof geschickt, damit sie sich nach den langen Regenwochen mal wieder draußen im Freien auf-hielten. Nur den Oberstufenschülern war es erlaubt, nach Wunsch im Gebäude zu bleiben. Er setzte sich auf den kühlen Marmor der großen Haupttreppe und biss in sein Brot, das seine Mutter ihm geschmiert hatte, obwohl er ihr immer zu verstehen gab, dass er sich selbst eins machen könnte. Gedankenverloren kaute er darauf herum und schaute geradeaus die Treppe hinunter ins Nichts.

Ohne dass er darauf achtet, ging hinter ihm die Tür zu den Toiletten auf und Caroline trat heraus. Sie strich ihre Bluse glatt, trat mit dem auffälligen Klacken von Absätzen von hinten an ihn heran und räusperte sich, um seine Aufmerksamkeit zu erzwingen. Er fuhr leicht zusammen und drehte sich zu ihr um in der Erwartung, eine der Lehrerinnen zu sehen, die ihn dazu anhalten wollte, ebenfalls hinaus zu gehen. Zu seiner Abneigung Caroline gegenüber mischte sich Verwunderung und eine kleine Prise Neugierde, was sie wohl im Schilde führte.

"Hey, was geht?", sprach sie ihn lässig an und er hätte ihr diese Ausdrucksweise am liebsten aus dem Kopf geprügelt. Jugendsprache hatte er noch nie gemocht. Vielleicht lag das daran, dass er einfach nicht dazugehörte. Ohne auf sie einzugehen, drehte er sich wieder zurück, stützte gelangweilt seinen Kopf mit Ellbogen auf dem Knie ab und mampfte sein Butterbrot. Caroline setzte sich neben ihn und sah ihn frech an. Er versuchte, sie nicht zu beachten, was schon allein wegen ihres Parfüms schwierig war.

"Du weißt doch, dass das mit den Hausaufgaben nur ein dummer Streich war, oder?"

Ja, das wusste er. Dennoch hatte es ihn verletzt. Er drehte seinen Kopf zu ihr und versuchte in ihrem Gesicht nach einem Zeichen zu suchen, ob sie nur vorgab, nett zu ihm zu sein, und eigentlich noch mehr Unfug im Sinn hatte. Es fiel ihm schwer, sie zu lesen.

"Dass er dumm war, ist mir nicht entgangen!", erwiderte er rau.

Sie stupste ihn mit dem Ellbogen an. "Nimm das doch nicht so ernst!", sagte sie. "Das meiste ist doch nur Spaß."

"Das meiste? Und woher weiß man, wenn es ausnahmsweise mal kein Spaß ist?" Wenn sie darauf eine vernünftige Antwort hatte, würde er sie vielleicht ernst nehmen, dachte er sich und sah sie begierig auf eine Antwort an, doch sie blickte nur zurück und überließ es ihm zu sprechen.

"Des Weiteren ist ja wohl die Frage, für wen das Spaß ist", sagte er kampfeslustig.

"Für beide Seiten?" Ihre Frage klang wie eine Feststellung. Warum hatte sie ihn überhaupt angesprochen, fragte er sich. Um ihn mit Schwachsinn zu beeindrucken? Hatte dieses Mädchen kein Gespür für die Angemessenheit von Situationen?

"Wenn wir beide Freunde wären, würde ich vermutlich über deinen Streich mitlachen. Nun, ich möchte dir nicht zu nahe treten, aber wir sind keine Freunde!" Den letzten Teil sprach er voller Verachtung.

Sie musterte ihn für einen Augenblick und begann laut zu lachen: "Du gefällst mir!"

Sie lachte und er sah sie verständnislos an, immer stärker an ihrem Verstand zweifelnd. Es wunderte ihn keinesfalls, dass sie keine Freunde waren. Er wendete sich von ihr ab, nahm demonstrativ einen Bissen von seinem Brot und kaute wütend darauf herum.

"Was hältst du davon, wenn wir Freunde würden? Ich wollte dich nämlich eigentlich gerade fragen, ob du auf meine Geburtstagsparty heute Abend kommen möchtest."

Beinahe wäre ihm vor Bestürzung das Essen aus dem Gesicht gefallen. Er drehte sich zu ihr zurück und starrte sie fassungslos an. Das war doch wieder nur ein Trick! Oder sie musste ihren Verstand verloren haben. Sie hob fragend die Augen-brauen.

"Warum denn das?"

"Warum denn nicht?", konterte sie und er wollte ein-wenden, dass er tausend gute Gründe wüsste, die dagegen sprächen, doch sie sprach weiter: "Wir sind in einer Klasse und trotz, oder vielleicht gerade wegen deiner ruhigen und reservierten Art bist du irgendwie interessant."

"Na, vielen Dank auch! Ihr habt euch doch schon seit Jahren nicht für mich interessiert. Warum solltet ihr gerade jetzt damit anfangen?", wollte er wissen. Er verstand die Welt nicht mehr.

"Wir werden doch alle älter und verändern uns. Aus der Pubertät sind wir langsam herausgewachsen und nun sehen wir die Welt mit anderen Augen. Und dadurch sehen wir auch die Menschen um uns herum mit anderen Augen. Ist denn das so abwegig?" Sie ertrug seine Laune recht gefasst.

Ihr Argument entbehrte nicht jeder Logik, musste er ihr zugestehen. Dennoch war es dermaßen untypisch für all das, was er jemals in dieser Schule, von diesen Menschen mitbekommen hatte, dass in seinem Kopf die Alarmglocken seiner Skepsis mit ohrenbetäubender Lautstärke schrillten.

"Du erlaubst dir wohl wieder einen Scherz mit mir. Glaubst du wirklich, dass ich nach all dem noch einmal auf dich reinfalle?", entrüstete er sich.

Er wollte es kaum glauben, aber ihre Fassung fing an sich aufzulösen und in ihrem Gesicht zeigte sich echt leichte Spuren von Enttäuschung und Kränkung. Trotzdem blieb er hart.

"Was willst du eigentlich von mir?"

"Wie ich bereits sagte", erklärte sie sich mit kontrolliert gelassener Stimme, "wollte ich dich zu meiner Party einladen. Ich verstehe sogar, dass du argwöhnisch bist. Im Grund kann ich es dir auch gar nicht verübeln. Weißt du was? Ich erklär dir einfach, wie du zu mir kommst, und du überlegst es dir noch. In Ordnung?"

Er stimmte zaudernd zu. Er war ganz schön außer sich, zu verblüfft über die ganze Situation, als dass er wirklich vernünftig darüber hätte nachdenken können. Deshalb ließ er sich von Caroline den Weg erklären. Es würde gar nicht so schwer zu finden sein, doch wohnte sie relativ weit von ihm entfernt. Als sie mit ihrer Erklärung fertig war, stand sie auf und ging die Treppe hinunter. Auf der Hälfte drehte sie sich noch einmal zu ihm zurück, um ihm abermals zu sagen, dass er es sich überlegen solle und dass er ab sieben Uhr kommen könne, wenn es ihm beliebte. Mit ein paar flotten Schritten war sie aus seinem Sichtfeld verschwunden und er saß wieder alleine auf den Marmorstufen, fassungslos, reglos, gedankenlos.

Nach zwei Minuten ertönte der Gong, der das Ende der Pause verkündete, und riss ihn aus seiner Starre. Er ging zurück in den Unterrichtsraum und setzte sich auf seinen Platz. Nach und nach tröpfelten die Mitschüler in den Raum, meist zu zweit oder zu dritt. Keiner von ihnen setzte sich, doch alle strichen mit ihren Blicken über die eine Person, die saß. In den Augen der Mädchen meinte er eine seltsame Neugierde lesen zu können, in denen der Jungen eher Antipathie und ein offenes Abschätzen. Doch allen Augen war eine gewisse Ungläubigkeit und Verwunderung zu eigen.

Die Lehrerin kam herein und die Schüler nahmen Platz. Danach interessierte sich keiner mehr für ihn.

Abfälligkeiten

Abfälligkeiten war sie schon seit langem gewohnt,
ertragen hatte sie sie von Anfang an.
Sie war nicht beliebt, noch hatte sie Freunde;
alles, was sie besaß, war sie selbst und ihre Integrität.

Vielleicht gab es in der Fremde Leute wie sie,
dachte sie bei sich und zog von dannen,
nur um sich selbst mitten in der Nacht wiederzufinden,
weinend in ihrem Bett in der Dunkelheit.
Dröhnend hatte sie betrunkene Stimmen gehört,
durch die Wände ihre Nachbarn:
Abfälligkeiten über die dumme Fremde nebenan
und Gelächter.
"In vino veritas!"

Auch in der Fremde konnte sie niemanden finden,
der ihr etwas ähnelte und zu ihr passte.
Die ihr vorschnell feindselig gegenüberstanden,
gab es dagegen überall und zuhauf.

Sie fürchtete sich, dort zu bleiben
ebenso wie heimzukehren.
Wo war der Platz für sie?

12

Den ganzen Tag lang stand er neben sich. Während er aß, war er irgendwo mit seinen Gedanken, nur nicht beim Essen. Während er seine Hausaufgaben machte, war er überall anders mit seinen Gedanken, nur nicht bei seinem Schulstoff. Wenn er über sich selbst nachdachte, war er überall anders. Wenn er über andere, zum Beispiel Caroline, nachdachte, war er in Gedanken nur bei sich selbst. Und wiederum auch nicht.

Seine Mutter kam an diesem Tag so gegen vier von der Arbeit. So kurz hatte sie schon seit längerem nicht mehr gearbeitet. Er war überrascht. Als er mit seinen Hausaufgaben durch war, setzte er sich ihr gegenüber an den Küchentisch. Sie blätterte in der Zeitung, knabberte an ein paar Scheiben trockenem Knäckebrot und schien ihn zuerst gar nicht zu bemerken. So lange las er die langweiligen Artikel auf der Rückseite. Nach einigen Minuten legte sie die Zeitung nieder und sah ihn ein bisschen verwirrt an.

"Oh, gut, dass du da bist. Ich muss etwas mit dir besprechen", kündigte sie an, sprach aber erstmal nicht weiter. Stattdessen sahen sich die beiden schweigend an. Auch er sagte nichts und erwiderte ihren Blick erwartungsvoll. Das musste ja etwas ganz besonders Wichtiges sein. Mit einem Mal stand sie vehement auf, räumte das Knäcke weg, begann in der Küche aufzuräumen, während sie mit ihm sprach, ohne ihn dabei direkt anzusehen.

"Im Werk gibt es schon seit einiger Zeit weniger zu tun und ich habe versucht dir vorzuspielen, alles wäre beim Alten. Ich habe absichtlich die Zeit bis zum Abend vertrödelt, um dir zu verheimlichen, dass ich nicht mehr so lange arbeite. Ich hatte gehofft, dass es sich nach einiger Zeit normalisiert, und habe es hinausgezögert, mit dir darüber zu reden. Aber so langsam wird es immer klarer, dass es nicht wieder mehr Arbeit geben wird, und früher denn später wird auch unser Geld immer knapper. Die Zeitung heute ist die letzte, die wir kriegen. Ich habe sie bereits abbestellt. Und auch sonst habe ich mich so sehr eingeschränkt, wie ich nur konnte."

Sie machte eine Pause, während sie unter der Spüle nach irgendetwas kramte. Plötzlich begann sie zu fluchen, stand auf und wusch das Geschirr mit der bloßen Hand.

"Verflucht, wir haben nicht mal mehr einen Spül-schwamm! Ich weiß nicht, wie das weitergehen soll. Ich weiß zwar, dass du ebenfalls sehr sparsam bist und kurz vor deinem Abi stehst, aber so geht das alles nicht weiter!"

Sie begann zu weinen, leise, wie sie es immer tat. Er stand auf, nahm ein Geschirrtuch und half ihr, indem er abtrocknete. Sie weinte ganz offen, weiterspülend und unter Schluchzen redend.

"Ich wollte dir ermöglichen zu studieren, aber allein die Mieten in dieser Stadt sind schon zu hoch. Wir hätten um-ziehen sollen, als wir noch etwas Geld hatten. Aber jetzt kannst du nicht mehr so einfach die Schule wechseln und ich weiß nicht, wo ich neue Arbeit finden sollte. Um die Schule abzubrechen und eine Ausbildung anzufangen, ist es mittlerweile auch zu spät. Die nächsten Ausbildungsstellen werden erst wieder im nächsten Jahr besetzt. So leid es mir tut, sehe ich momentan nur eine Möglichkeit, nämlich, dass du dir ganz schnell einen Nebenjob suchst und mir ein bisschen finanziell unter die Arme greifst, auch wenn du für dein Abitur lernen musst."

Sie hielt beim Spülen inne, starrte auf ihre kleinen zitternden Hände.

"Ich bitte dich nur sehr ungern darum, aber überleg es dir gründlich und bitte schnell. Ich weiß sonst keinen ande-ren Weg."

Sie rannte aus der Küche in ihr Schlafzimmer. Er stand wie gelähmt, wie erschlagen neben der Spüle, sein Kopf leer. Automatisch spülte er den kleinen Rest an Geschirr, trocknete ihn ab und räumte dieses zurück in die Schränke. Ohne groß zu überlegen zog er sich in seinem Zimmer um, packte ein paar Kleinigkeiten in seinen Rucksack und verließ das Haus.

Das letzte Mal

ich gehe
die Sonne scheint mir in den Nacken
die Gewitterwolken ziehen vor mir her
sie zeigen mir den Weg
ich versuche mich abzulenken
doch meine Gedanken
ziehen ihre Kreise um dich
bevor ich um die Ecke biege
zuckt vor mir der letzte Blitz
ich gehe weiter
nachdem ich einen Moment der Ruhe durchlebt habe
in dem ich die Schönheit der Natur bewunderte
ich passiere das Tor
als ich das Läuten der Glocke aus weiter Ferne höre
wie mir scheint
ich durchschreite die Reihen der anderen
bis ich bei dir angekommen bin
ich hebe den Arm
zeige auf den Stein
der auf dir liegt
der deinen Namen trägt
ich öffne den Mund und lache
so lange

bis die Tränen die Laute ersticken
du hast Ihn gefunden
er hat dich eingeholt
dich von mir getrennt
aber nicht für immer
denn ich werde dir folgen
doch noch nicht jetzt
zu viel ist noch zu tun
zu viel ist übrig geblieben
zu viel unbeendet
ich falle auf die Knie
spreche ein leises, kurzes Gebet
im Angesicht von Ihm und dir
zu dem Zeitpunkt
als ich dich verlassen will
schieben sich Wolken vor die Sonne
es scheint mir
als würde ich dein Gesicht sehen
dort
mit einem Stirnrunzeln des Bedauerns
mit gesenktem Kopf
verlasse ich den unheimlichen Ort
um mich wieder um die Witwe zu kümmern
die du verlassen hast
das letzte Mal
als ich mit dir sprach
sagtest du
achte gut auf mein Weib
ich weiß jetzt, dass meine Zeit gekommen ist
diese kalte Welt zu verlassen
dann hast du deine Augen geschlossen
und diese Traurigkeit
und den erkaltenden Körper zurückgelassen

13

Als er sich aufmachte, war es fast sieben Uhr. Er brauchte gut eine Stunde mit dem Bus, musste einmal umsteigen. Es waren viele Leute unterwegs, die sich die noch junge Nacht über amüsieren wollten. Sie waren gut gelaunt, teils schon angetrunken, geschwätzig und laut. Er saß in einer Ecke, bekam die Gespräche und das Lachen unfreiwillig mit und fragte sich, was er eigentlich tat. Er war auf dem Weg zu Carolines Party, statt zu dem Fremden hinübergegangen zu sein. Er hatte kein Geschenk, aber sie würde kaum eins erwarten können, wenn sie ihn erst heute eingeladen hatte. Warum war er auf dem Weg zu Caroline, fragte er sich selbst ständig. Wahrscheinlich war es ein Stück weit seine Neugierde, die ihn dorthin trieb, doch hauptsächlich hatte er nicht zuhause bleiben können. Er brauchte Abstand von seiner Mutter, von der Situation, die sie ihm eröffnet hatte, von den trügerischen Hoffnungen, die der Fremde schürte, von den Verhältnissen und Einstellungen, die er als seine Wirklichkeit erachtet hatte. Mit einem Mal schien sich seine gesamte Welt umzukrempeln und er musste herausfinden, wie er dazu stand. Er musste so viele gewichtige Entscheidungen treffen, obwohl er gar nicht die Ruhe hatte, seine Gefühle zu sortieren. In den letzten Wochen war er sich selbst sehr fremd geworden, was alles noch viel schlimmer und komplizierter machte. Er musste sich selbst im Lichte der neuen Wahrheiten neu definieren, aber überdies seinem Schmerz und sich treu bleiben. Somit hatte er diese Flucht nach vorne, die ihn zu Caroline führte, gewählt. Gleichwohl bezweifelte er recht stark, dass der Weg in die falsche Gesellschaft der richtige für ihn war. Er hatte immer noch die Möglichkeit, sich jederzeit zurückzuziehen und auf den alten Pfad zurückzukehren, beruhigte er sich. Aber sowohl das Neue als auch das Alte machten ihm inzwischen Angst und das machte ihm am meisten Angst. Er hatte sich verändert. Er konnte es nicht mehr leugnen.

Das Haus von Carolines Eltern lag unweit der Bushaltestelle in einer der nobelsten Gegenden der Stadt. Mit jedem Schritt auf diesem teuren Pflaster fühlte er sich unwohler. Früher war es seiner Familie aufgrund seines Vaters Einkommen gar nicht mal so schlecht ergangen, doch niemals zuvor hatte er in solchen Sphären verkehrt. Er grübelte, wie er sich verhalten sollte, wenn man ihm die Tür öffnete, wenn seine Mitschüler ihm entgegentraten. Er malte sich aus, wie es in Carolines Elternhaus aussehen und wie eine Party von Jugendlichen dort ausfallen mochte. Vor allem zerbrach er sich den Kopf darüber, ob er nicht besser auf der Stelle umkehren sollte. Aber wo sollte er andererseits sonst hin? Da wäre höchstens der Fremde, den er inzwischen als zu gefährlich empfand. Wo sollte das noch alles mit ihm hinführen?

Verglichen mit den Häusern und Villen der Gegend war das, vor dem er stehen blieb, eines der schönsten, weil es von einer Seite komplett von Efeu zugerankt war und etwas Romantisches ans sich hatte, das den anderen Prunkburgen fehlte. Draußen hörte man bereits die Musik, die drinnen die Jugendlichen tanzen machte. Er sah Schatten und Schemen durch die teils kolorierten Fenster.

Vor der Haustüre begutachtete er fasziniert einen gusseisernen Schuhabtreter in Form eines Dackels. Zumindest vermutete er, dass dieses Etwas diese Funktion hatte. Jedenfalls diente diese Verzögerung dazu, ein letztes Mal mit sich Zwiesprache zu halten, ob er tatsächlich diesen Schritt machen wollte. Er gab sich einen Ruck und läutete die Türklingel des Anwesens. Jetzt hatte er schon diesen weiten

Weg gemacht und bei seiner Position in der Schule hatte er nun wirklich nichts zu verlieren, ermutigte er sich.

Fast hatte er damit gerechnet, dass ein Butler die Tür öffnete, doch stattdessen stand Caroline höchstpersönlich vor ihm. Sie schien aus allen Wolken zu fallen und bat ihn hinein. Zwar war sie freundlich, jedoch freilich nicht überschwänglich, und die Begrüßung blieb reservierter. Natürlich war es seltsam, weil sie sich nach all den Jahren gemeinsam in der Schule zu kannten glaubten und sich doch kaum wirklich kannten.

Er wollte gerade die Stufe der Türschwelle betreten, als hinter Caroline Dirk erschien, jener Mitschüler, der ihn einige Wochen zuvor vor Herrn Angermann denunziert hatte. Unwillkürlich schoss bei diesem Anblick Angst mit einer Dosis Adrenalin durch seinen Körper und machte ihn kampfbereit. Dirk drängelte sich halbwegs an Caroline vorbei und sah ihn in seiner großkotzigen Art abfällig an.

"Sieh einer an! Wen haben wir denn da?" Er wandte sich an Caroline: "Was sucht der denn hier?"

"Du weißt doch, dass ich ihn eingeladen habe. Hast du was dagegen?" Sie war ausgesprochen souverän. Das schien ihn zu beeindrucken.

"Was hast du denn mit dem Schlaffi zu schaffen? Hast du auch ein paar Obdachlose vom Bahnhof eingeladen?"

Er spürte diesen Schlag in den Magen. Er hätte vorher wissen sollen, dass es keine gute Idee war, hierher zu kommen und sich mit denen einzulassen. Das hatte er nun davon! Oder hatte er unbewusst diese Tracht Prügel als Züchtigung gesucht? Nun war er mittendrin.

Caroline war überhaupt nicht begeistert von der Art, wie Dirk sprach. Sie wurde etwas ungehalten und störrischer.

"Ich lade ein, wen immer ich will. Du hast getrunken. Geh wieder rein! Und wenn es dir nicht passt, steht es dir jederzeit frei zu gehen."

Dass Caroline vor Dirk ihren Mann stand, gefiel diesem offensichtlich gar nicht. Sein Hals schwoll an, die Hauptschlagader trat hervor und er riss sich mit riesiger Mühe zusammen, als er weiter wetterte. Anscheinend braute sich hier ein kleines Gewitter wegen ihm zusammen und er stand vor den beiden wie ein hypnotisierter Fernsehzuschauer. Obwohl er beteiligt war, prallten Dirks Worte an ihm ab, als wäre er gar nicht gemeint.

"Wie bitte? Du würdest mich einfach so gehen lassen? Du würdest diesem Pimpf mir sogar den Vorzug geben? Was willst du überhaupt von dem? Warum bist du plötzlich so nett zu dem?" Dirk redete sich in Rage, aber über jede seiner Fragen hatte auch er sich bereits Gedanken gemacht. Es war augenscheinlich, dass sich die Eifersucht in ihm regte. Für einen Moment hielt Dirk inne, dann flackerte eine mutmaßliche Erkenntnis in seinen Augen auf: "Willst du etwa was von dem Spinner? Wie kannst du überhaupt was von dem wollen? Und was ist mit mir? Willst du etwa mit ihm in die Kiste, du Flittchen?"

Dies war der Punkt, an dem Caroline die Beherrschung verlor und gegenfeuerte. Wer hätte das nicht, wenn ihm so bodenlos unverschämte Vorhaltungen gemacht wurden? Scheinbar war da mehr zwischen den beiden, als er bislang mitbekommen hatte, und es war ihm egal. Immerhin wurde deutlich, dass Caroline es ehrlich mit ihm gemeint hatte, wenn sie bereit war, solche Häme für ihn zu ertragen. In gewisser Hinsicht tat sie ihm leid, aber ihren Umgang hatte sie sich selbst ausgesucht. Er wollte damit doch lieber nichts zu tun haben. Darum war dies auch der Punkt, an dem sich der unbeteiligte Zuschauer umdrehte und die Szene verließ, wortlos, unbemerkt. Der Streit bäumte sich auf und er schritt einfach davon, ungerührt und nichtsdestoweniger verletzt, positiv überrascht und trotzdem verraten, ein Eisklotz und dennoch ein in Mitleid brennendes Herz. Seine

Mitschüler waren so sehr mit sich beschäftigt, dass es ihn für sie in diesem Moment nicht mehr gab. Er hörte die Stimmen der beiden, die entgegen jedweder Erfahrung mit jedem Schritt Entfernung lauter, aggressiver wurden. Dass auch die Gesten heftiger wurden, sah er nicht, denn er ließ sie geradewegs hinter sich. Sie bemerkten nicht, dass er ging, und er blickte nicht mehr zurück.

Er war nicht allein. Seine Begleitung, der Schmerz, war wieder bei ihm. Er hatte seinen Verbündeten für einige Zeit vernachlässigt, aber dieser hatte ihn nie ganz verlassen. Er brauchte keine weitere Gesellschaft, auch nicht das Mitleid eines dahergelaufenen Mädchens. Vermutlich hatte sie es sich bloß zur noblen Aufgabe gemacht, den armen, depressiven Jungen zu erretten, oder wollte einfach ihren Streich wiedergutmachen, um ihr Karma aufzubessern. Aber er brauchte keine Rettung! Er wollte nicht die gute Tat einer Pfadfinderin sein. Und die Beleidigungen eines Trunkenbolds zu ertragen, hatte er auch nicht nötig. Er hätte nicht kommen sollen und doch war es das Beste, was ihm hätte passieren können, denn nun wusste er wieder, wo er hingehörte.

Er ging mit sicherem, flinken Schritt die in dieser dunklen Nacht hell beleuchtete Straße herunter. Da der Bus ein paar Haltestellen weiter drehte und nach kurzer Pause die Rückfahrt aufnahm, kam auch recht bald jener Bus, der ihn hergebracht hatte, und brachte ihn wieder zurück in die Stadtzentrum. Dort stieg er aber nicht in den wartenden Bus, der in seine Richtung fuhr, sondern spazierte stattdessen zu Fuß durch die neonbeleuchtete Innenstadt, vorbei an schwankenden, schreienden und dubiosen Menschen. Das Finsterste in dieser Nacht war er.

Fort

Ich ging mit euch mit,
aus Angst alleine zu sein.
Doch eure Gegenwart hasste ich schon,
da sie unerträglich für mich war:
Abneigung und Feindseligkeit
spürte ich in jedem ungesprochenen Wort.

Angewidert verweilte ich doch,
hoffend, ich würde mich irren.
Wieder musste ich erkennen,
wie unerwünscht ich war.
Ich wartete auf den passenden Augenblick
und dann ging ich alleine – fort.

14

Nach beinahe drei Stunden Fußmarsch durch die düstere, kalte Nacht kam er bei sich an, frisch und müde zugleich. Das hatte ihm Zeit zum Nachdenken gegeben. Er öffnete ganz leise die Tür und schlich heimlich durch die Wohnung, um seine Mutter unter keinen Umständen zu wecken. Er ging auf Zehenspitzen in sein Zimmer, entleerte seinen Rucksack, packte den Ordner mit seinen Gedichten hinein und ein paar andere Sachen, die ihm wichtig waren. Er griff zu einem Block und schrieb einige Zeilen an seine Mutter. Auf einem zweiten Zettel schrieb er an den Fremden.

Er ging ins Bad, spritze sich ein bisschen Wasser ins Gesicht und schaute nachdenklich in den Spiegel, drehte seinen Kopf hin und her und schaute sich so intensiv an, wie er es nie in seinem Leben getan hatte, so als wolle er seinen Anblick für immer in den Spiegel einprägen. Sein Gesicht war leer, neutral. Er konnte nichts darin lesen, wie er es sonst bei anderen konnte. So wie die Linien in den Händen nach dem Tod verblassen, war jeder Ausdruck aus seinem Gesicht entschwunden. Es war ein Grabesgesicht.

Zurück in seinem Zimmer nahm er aus einer Schublade seinen Fotoapparat und machte mit weit von sich gestreckter Hand Bilder von sich selbst, die bis auf seine Mutter nie jemand zu sehen bekam. Er schulterte seinen Rucksack und steckte den Brief an den Fremden in die Tasche. Den Brief an seine Mutter legte er zusammen mit der Kamera auf den Küchentisch. Ohne einen weiteren Blick durch die Wohnung zu verschwenden, verließ er diese ebenso lautlos, wie er sie betreten hatte. Ein Gespenst zur Geisterstunde.

Er ging die Straße hinunter zum Haus des Fremden. Den Brief aus seiner Jackentasche ziehend schob ihn in den entsprechenden Briefkasten. Das gesamte Haus war dunkel.

In keiner der Wohnungen brannte mehr Licht in den Räumen, welche Fenster zur Eingangsseite hatten, auch nicht in denen des Fremden. An diesem Haus klingelte er sofort und ohne zu zögern, nicht so wie zuvor bei Caroline. Diesmal war er sicher, was er tat – zumindest glaubte er das. Lange tat sich nichts, es ging auch kein Licht an, aber dann knisterte die Sprechanlage und die Stimme des Fremden erklang: "Wer ist da?"

Er lehnte sich ein Stück hinunter zur Sprechanlage und antwortete mit fester Stimme: "Ich wollte kurz Lebwohl sagen."

"Es ist mitten in der Nacht, viel zu spät für Klingelstreiche", stotterte es durch den Lautsprecher, es knackte und die Sprechanlage war stumm.

Vermutlich hatte er den Fremden aus dem Schlaf gerissen und dieser benommen gar nicht herausgehört, wer es war. Wahrscheinlich war es besser so und eigentlich war das nun ohne Belang. Der andere würde am Morgen den Brief finden und verstehen.

Er wandte sich um, sah die Straße hinunter und sog die geruchlose Herbstluft tief ein. Es war so weit! Einen Fuß setzte er vor den anderen und jeder Schritt trug ihn tiefer in den Wald hinein und weiter weg von den Menschen. Der Wald war düster und so unheimlich wie eh und je. Dennoch war ihm nicht mulmig zumute, als er den Ruf einer Eule oder ein Knacken im Dickicht vernahm. Es lief ihm zwar dabei ein Schauer über den Rücken, aber das war eine unwillkürliche Reaktion seines Körpers, nichts weiter. Seine Seele war hingegen ruhig und gelassen, denn sie wusste, dass nichts mehr sie davon abhalten konnte, diesmal ihr Ziel zu erreichen und zu dem Ort zu gehen, den sie Zuhause nannte.

Nach einer guten Strecke traten die Bäume auseinander und eröffneten den Blick auf die Hügelkuppe, auf der sein alter Freund, die Eiche, in fahles Mondlicht gehüllt stand. Entblößt war sie nun, denn der Herbst hatte ihr letztlich im Vorbeigehen das Laubkleid entrissen. Bei ihrem schemenhaften Anblick empfand er Freude und Zuversicht, aber auch Mitgefühl für seine Mutter. Er wollte sie von seiner Bürde befreien. Auf dem Weg hinauf zur Eiche füllten sich seine Augen mit Tränen, Tränen voll ungetrösteter Trauer und unverwundenem Schmerz, Tränen des Jubels und Vollendungsglücks. Auf seinem letzten Gang kamen all die Regungen seiner Seele aus ihrem tiefen Grab hinauf und erfüllten den Körper, der so lange leer gewesen.

Im Näherkommen sah er, wie der perfekte Strick noch immer in den Ästen des Baums hing, sein einziger Schmuck. Wie zuvor stellte er den Rucksack an den Stamm gelehnt zu den Wurzeln seines Freundes ab, diesmal jedoch bewusst und mit Bedacht. Er erklomm die Krone seines Freundes, sein festes Ziel vor Augen.

Das Seil war klamm und kalt und infolgedessen umso fester. Er strich zärtlich mit seiner linken Hand über das graue, raue Geflecht. Er setzte sich auf den Ast, auf dem er hockte, und seine Beine baumelten über dem tiefen Erdboden. Mit beiden Händen griff er zum Stricks, zog sie über seinen Kopf und zog die Schlaufe enger. Er kratzte an seinem Gesicht und Hals.

Er atmete ein letztes Mal tief ein, bewusst, als wollte er die ganze Welt in sich aufsaugen. Er fühlte ein Kribbeln in der Schulter, dann so etwas wie eine Berührung. Da war sie wieder, die Phantomberührung. Er blickte sich um, konnte in der Dunkelheit aber nichts entdecken. Niemand außer seinem Schmerz war bei ihm. Kein Fremder, kein Engel. Sein Blick glitt noch einmal über die Landschaft und hinüber zum Mond, der hinter den letzten Wolken blinkte. Er schloss die Augen und die halbe Sichel war das letzte, was sich auf seine Netzhaut brannte. Direkt im Angesicht des Todes war er so nüchtern und sich seiner selbst so bewusst wie nie zuvor in seinem Leben. Er nahm alles so genau wahr wie niemals zuvor. Wenn er schon nicht wirklich bewusst gelebt hatte, so wollte er umso bewusster sterben.

Er ließ sich nach vorne gleiten. Nach einem kurzen Fall explodierten Farben und Sterne vor seinem inneren Auge...

Leben ist Schmerz

Mein Leben ist so schlecht,
ich ertrinke in seiner bösen Flut.
Ich werde ihm nicht gerecht.
Bin ich doch zu gut?

Ich will es nicht ertragen,
vom Pech verfolgt zu sein.
Auch will ich nicht beklagen,
dass mein Glück ist klein.

Schmerz, Verlust ist Leben,
so wie ich's erfahr.
Erhalt ist unser Streben,
Verlust uns Schmerz gebar.

Anderen und mir bring ich bloß Leid.
Bald sind sie und ich davon befreit.

15

Ich schlurfte zurück ins Schlafzimmer. Jemand hatte mich aus tiefstem Schlaf gerissen. Ich wollte mich soeben zurück ins Bett legen, als ich wie vor den Kopf geschlagen nüchtern und mir klar wurde, wer gerade an der Tür gewesen war und was er gesagt hatte. Ich verstand endlich. Schnell zog ich mich an, suchte meine Taschenlampe und rannte so schnell ich konnte aus dem Haus. Lange irrte ich auf meiner Suche umher, bis mir die Idee kam, dass ich ihn bei der Eiche auf der Kuppe finden würde.

Als Ellie und ich dort ankam, war es schon zu spät. Es war ein furchtbarer Anblick, aber auch ein friedlicher. Er hing schon von weithin sichtbar mit dem Rücken zu mir seelenruhig in der Krone der kahlen Eiche. Ich machte keine Anstalten, ihn herunterzuholen, nahm nur seinen Rucksack, seinen Schatz, der am Fuße des Baumes stand, wie einen Finderlohn an mich und ging zurück zu meiner Wohnung. Unterwegs hatte ich zuerst starke Gewissensbisse, weil ich nicht so schnell reagiert hatte, später wurden meine Schuldgefühle von der Gewissheit beruhigt, dass er sich bewusst dafür entschieden hatte und bestimmt nicht von seinem Plan abzubringen gewesen wäre.

Bei mir zuhause angekommen, rief ich jedoch nicht sofort die Polizei, sondern wartete damit bis zum Morgengrauen. Bis dahin verbrachte ich die Zeit, in der ich unmöglich hätte schlafen können, indem ich Wulfs Gedichte und Geschichten las, Seite für Seite. Sie waren ein merkwürdiges Durcheinander von Gefühlen, Eindrücken, Widersprüchen. Dem aufmerksamen Leser mag nicht entgangen sein, dass ich einige seiner Dichtungen hier benutzt habe, um seine Stimmungen mit seinen Worten zu untermalen.

Gegen sechs Uhr, als ich den Großteil gelesen hatte, griff ich schließlich zum Telefon und benachrichtigte die Polizei. Zehn Minuten später holte mich eine Mannschaft ab, damit ich sie dorthin führte, und wir fuhren mit dem Polizeiwagen den Waldweg entlang. Ein Notarztwagen folgte uns. Es war seltsam, diese Strecke mit dem Auto und ohne Ellie zu nehmen. Ich schaute müde und benommen aus dem Fenster, während die Bäume an mir vorbeirasten. Sie waren in blaues Licht getaucht, das von den Fahrzeugen ausging, was eine seltsame Stimmung in mir auslöste, wobei es nicht das alleine war.

Die baumelnde Silhouette war im Morgengrauen schon von weithin sichtbar. Ich blieb im Polizeiauto sitzen und beobachtete gähnend, wütend, weinend, wie die Beamten den Tatort nach Spuren absuchten, die nicht zu finden waren. Es gab nur den Strick und den Leichnam. Die Indizien waren eindeutig: Freitod. Ich verschwieg den Rucksack mit den Gedichten, waren sie doch für die Polizisten unerheblich. Sie hätten sie ohnehin nicht verstanden.

Als man den Körper heruntergeholt hatte, fand man bei einer Untersuchung sein Portemonnaie mit seinem Personalausweis, welcher seine Identität unzweifelhaft enthüllte. Bis zu diesem Zeitpunkt hatte ich seinen Nachnamen nicht gewusst. Man gab den Namen per Funk durch und ließ seine Mutter benachrichtigen, die sofort zum Leichenschauhaus fuhr, wohin sein Leichnam rasch gebracht wurde. Man nahm meine Personalien für eventuelle spätere Fragen auf und setzte mich an der Straßenecke vor meinem Haus ab.

Ich betrat das Haus und fand erst zu diesem Zeitpunkt seinen Abschiedsbrief. Schnell ging ich nach oben, setzte mir einen schwarzen Tee auf und versorgte Ellie, die durch die Wohnung taperte. Erst mit dem starken Tee in der Hand hatte ich den Mut, den Brief zu lesen.

Roman,

ich mag dich und das ist mein Dilemma. Denn auch, wenn wir Freunde werden könnten, so darf es nicht sein, denn ich sollte nicht am Leben sein und werde es voraussichtlich auch nicht mehr, wenn du dies liest!

Entschuldige, dass ich dich da in den letzten Wochen mit hineingezogen habe und dich nun verletzen muss! So geht es jedem, der mir nahe steht, deswegen hielt ich mich von der Welt fern. Du warst leider nicht mehr als ein Ausrutscher diesbezüglich. Vergib mir!

Eigentlich bin ich schon seit langem tot, doch habe ich mein Schicksal betrogen und ihm mit falschen Würfeln ein paar weitere Jahre abgerungen. Aber zu welchem Preis? Und was habe ich nun davon?

Ich lebe und doch ist mein Leben nichts wert. Es ist vollkommen ungenießbar. Ich lebe in ständiger Reue und Schuld, einer Lebensschuld für eine Todesschuld. Ich kann diese Bürde nicht länger tragen. Schal ist der Triumph des Lebens, darum gebe ich freiwillig meine Diebesbeute zurück. Ich gebe mein Leben hin, um meine Schuld einzulösen und den Schmerz auszumerzen.

Wir sind aus Erde und Staub gemacht, so gehe ich zurück zur Erde. Sollten wir jedoch Kinder der Sterne sein, so kehre ich dorthin zurück.

Lebe wohl!

16

Ich sprach nur ein einziges Mal mit seiner Mutter nach seiner Beerdigung. Sie erzählte mir von dem Autounfall, bei dem sowohl sein Vater wie auch sein Zwillingsbruder ums Leben gekommen waren. Die Eltern hatten die Liste von Besorgungen aufgeteilt und wie gewohnt jeder einen Sohn mitgenommen, nur dieses eine Mal nicht im wechselnden Turnus. Sie erzählte mir, dass es die spontane Idee ihres Mannes gewesen war, nicht Wulf, der eigentlich an der Reihe gewesen wäre, sondern seinen Bruder Ingo mit sich zu nehmen, so dass Wulf mit seiner Mutter zu einer anderen Besorgung fuhr, bevor die Familie zusammen in den Urlaub hatte fahren wollen. Sie erzählte mir auch von der finanziellen Situation und ihrer Bitte an ihren Sohn. Sie gab sich die volle Schuld dafür, ihre gesamte Familie verloren und als Mutter versagt zu haben. Ich wollte ihr den Ordner mit den Gedichten geben, doch sie sagte mir, ich als Wulfs einziger Freund solle ihn behalten. Sie gab mir auch ein paar Fotos von ihm.

Bei der Beerdigung waren alle Lehrer und Schüler seiner Stufe zugegen, auch einige Leute mehr, aber es musste ihr sehr schnell aufgefallen sein, dass keiner von ihnen tatsächlich um ihren Sohn trauerte. Alle hatten mitleidige, unehrlich betroffene Gesichter, aber keiner offenbarte die Tiefe freundschaftlichen Verlustes.

In den Tagen und Wochen nach dem Vorfall war die Stadt, eigentlich das ganze Land in Aufruhr. Die Medien berichteten von diesem Fall. Politiker und die Bevölkerung, Eltern und die Lehrerverbände waren aufgerüttelt und diskutierten, lamentierten, machten Schuldzuweisungen. Die Medien wären verantwortlich, weil sie Gewalt verherrlichten und die falschen Werte vermitteln. Einmal waren die

Lehrer schuld, die psychologisch nicht gut genug ausgebildet waren, dann wieder die Eltern – aber dies wagte man nur im Allgemeinen auszusprechen, weil niemand dieser einen armen alleinerziehenden Mutter, die alles für ihren Sohn getan hatte, Vorwürfe machen wollte. Man beschuldigte die Filme, die er gesehen, die Musik, die er gehört hatte. Nur Shakespeare blieb beinahe vor Vorwürfen verschont, denn der war ein Klassiker – obgleich sogar einige wenige vorlaute Stimmen seinem depressiven Hamlet eine Teilschuld zuwiesen.

Doch im Herzen verstand ihn keiner wahrlich. Niemand wollte oder konnte ihn verstehen, hätte es doch so viele unsichere Punkte und unlösbare Rätsel aufgegeben, sich mit seiner Thematik zu befassen. Für alle anderen, außer seiner Mutter und mir, war er nur ein weiterer Vorfall des tragischen Werteverfalls, der für einige Zeit als Diskussionsstoff herhalten musste. Danach musste man wieder über die eigenen Krankheiten oder das Wetter klagen. Keinem lag etwas an der Wahrheit des Lebens, die aus seiner Geschichte sprach. Ihnen lag nichts an ihm, dem Menschen.

Mit mir sprach seine Mutter über vieles, mit den Reportern wollte sie nicht sprechen. Sie wollte nicht, dass ihre Wunden noch mehr aufgerissen wurden. Mir, dem, wie sich herausstellte, einzigen Freund ihres Sohnes – und leider nur flüchtigen, aber das verbarg ich vor ihr – erzählte sie, dass sie damals den Verlust ihres Mannes und ersten Sohnes verdrängt hatte, ja, hatte verdrängen müssen, um weitermachen zu können, um zu funktionieren, um ihren anderen Sohn zu ernähren. Sie klagte, wie schwer es ihr gefallen war, nach dem Tod ihrer Geliebten arbeiten zu gehen, weil sie voll Trauer gewesen war und weil sie nichts gelernt hatte, deswegen billige und viel Arbeit verrichten musste. Sie klagte, wie schwer es ihr gefallen war zu ackern, damit ihr Sohn ein bisschen was hatte, und mit ansehen zu müssen, wie er sich mehr und mehr zurückzog, sich wegschloss, kalt und gleichgültig wurde. Sie hatte sich insgeheim selbst glauben gemacht, dass er glücklich sei und viele Freunde habe, deswegen so wenig Zeit zuhause verbrächte. Sie bereute, sich nicht mehr um ihn hatte kümmern können, weil sie Geld heranschaffen musste.

Auch wenn sie nicht davon sprach, so konnte ich doch in ihren schamvollen, von Tränen geröteten Augen lesen, dass Wulf nicht ihr Liebling gewesen war. Ihre Wut, dass er an Ingos Statt weitergelebt, hatte sie ebenfalls verdrängen müssen und durch wütenden Fleiß für Wulfs Wohlergehen geläutert. Ihr war es nicht bewusst und ich hielt es bestimmt nicht gegen sie, aber diese verdrängte Wut war es mit Gewissheit gewesen, die sie wiederum gleichgültig gegen Wulfs Rückzug gemacht hatte.

Nach der Beerdigung habe ich sie nicht wieder gesehen. Einige Tage später ging groß durch die Presse, dass sie vor Gram, ihre ganze Familie überlebt zu haben, gestorben sei, was das nationale Interesse und die Diskussion befeuerte. Ich habe in der Nachbarschaft munkeln hören, dass es eine Überdosis Tabletten gewesen sei.

Wulf musste seine ganze Jugend sehr widersprüchliche Gefühle gehegt haben. Einerseits war er böse auf seinen Vater, dass er ihn im Stich gelassen und sich letztendlich für seinen Bruder entschieden hatte, andererseits verdankte er ihm somit sein Leben. Zudem trauerte er um seinen Bruder, der seltsamerweise von vielen Leuten bevorzugt worden war, wie ich zwischen den Zeilen gelesen hatte. Die Frage, was an ihm nicht genauso gut war, wird wohl ständig an Wulf genagt haben. Die Gefühle seiner Mutter gegenüber waren anscheinend ebenso zwiespältig, denn einerseits hatte sie wirklich alles in ihrer Macht Stehende für ihn getan, wenngleich erst, nachdem er ihr als einziger geblieben war, doch andererseits wusste er, dass er nur noch der einzige, nicht aber der liebste war. Und zu allem Überfluss trug er die große Bürde der Lebens- und Überlebensschuld, die er empfand, weil er an Stelle seines Bruders lebte. Dafür hasste er sein Leben am meisten.

Wohl niemand wird jemals das ganze Bild von Wulf zeichnen können. Auch die paar Mosaiksteinchen, die ich zusammengetragen habe, lassen nicht einmal einen Blick auf einen wahren Schatten seiner erhaschen. Wer vermag schon einen Mensch in seiner Gesamtheit zu begreifen? Wer vermag sich selbst in Gänze zu begreifen?

Je mehr ich mich mit Wulf beschäftigte, desto besser verstand ich ihn. Aber viel wichtiger ist, dass ich mich selbst durch ihn viel besser verstehe, dass ich meinen Willen zu leben besonders stark spüre. Auch er hatte einen starken Willen zu leben, doch seine Schuld, seine Einsamkeit und sein Todestrieb gewannen die Oberhand. Sein Tod war eine bewusste Entscheidung. Wegen ihm lebe ich nun viel bewusster. Ich lebe durch ihn, für ihn und vor allem lebe ich für mich. Sein Bruder starb für ihn. Er starb für seinen Bruder. Ich hingegen wähle das Leben für ihn.

Geh weiter

Ein Jahr konnte nichts daran rütteln,
dass du fort bist.
Jede Nacht möchte ich dir helfen,
deinen neuen Weg zu finden,
denn ich weiß, dass mein
Trauern deine Seele verhaften lässt.

Geh ruhig weiter!
Es ist an der Zeit!

Verbleibe nicht
wegen unserer Tränen!

Geh ruhig weiter!
Dein Leben jenseits
des Gedenkens wartet auf dich.
Geh weiter!
Eines Tages werden wir uns wieder treffen
und wir werden sehen:
Alles war gut so.
Also, geh ruhig weiter!